そうか、もう君はいないのか

城山三郎著

新潮社版

そうか、もう君はいないのか

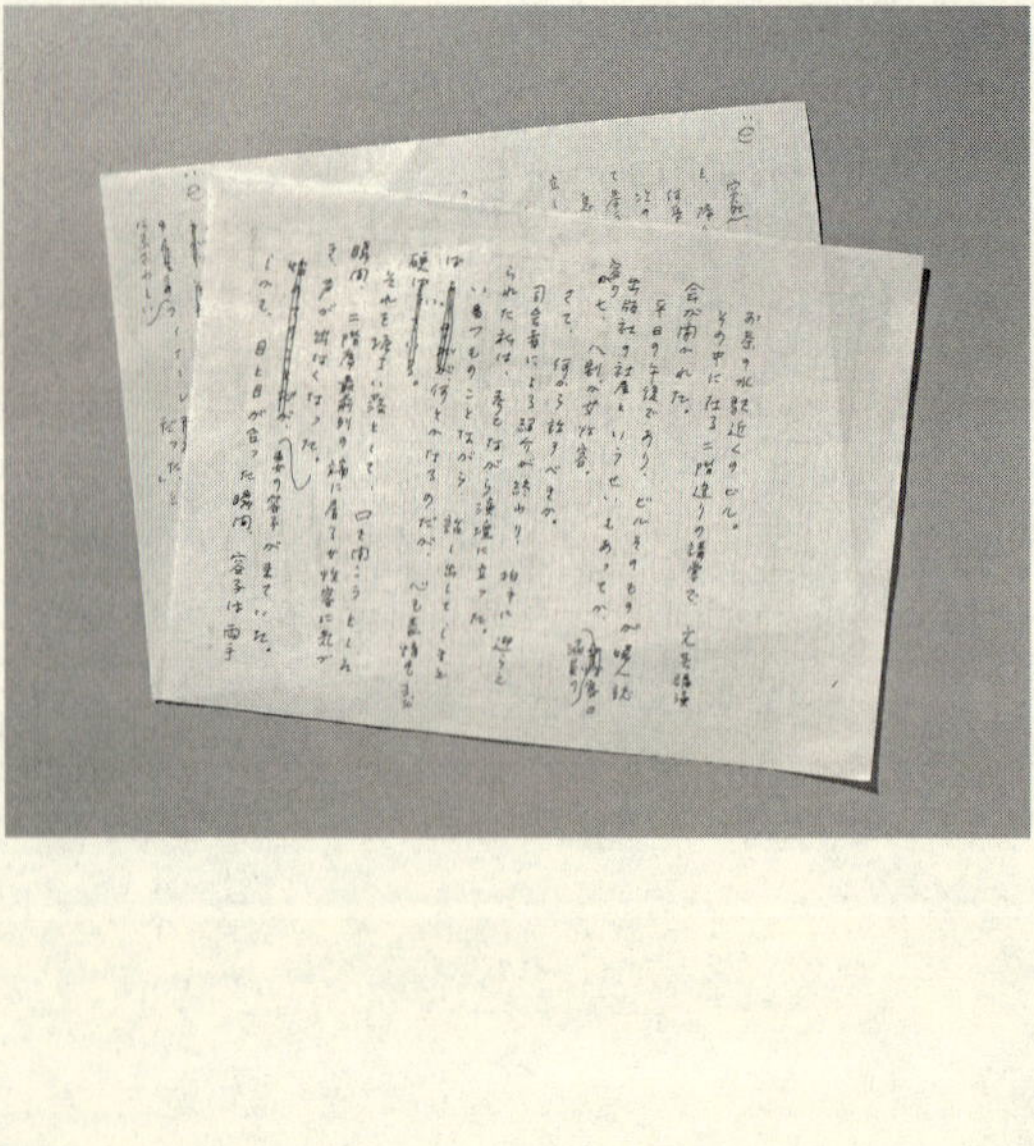

I

お茶の水駅近くのビル。

その中に在る二階造りの講堂で、文芸講演会が開かれた。

平日の午後であり、ビルそのものが婦人誌出版社の社屋というせいもあってか、満員の客の七、八割が女性客。

さて、何から話すべきか。

司会者による紹介が終わり、拍手に迎えられた私は、考えながら演壇に立った。

いつものことながら、話し出してしまえば何とかなるのだが、心も表情もまだ硬い。

それを振るい落として、口を開こうとした瞬間、二階席最前列の端に居る女性客に気づき、声が出なくなった。妻の容子《ようこ》が来ていた。

しかも、目と目が合った瞬間、容子は両手を頭の上と下に持ってきて、ふざけた仕草で「シェー！」

当時の人気マンガの登場人物のポーズであり、テレビのコマーシャルなどでも知られていた滑稽《こっけい》な仕草であった。

それを、人もあろうに、場所もあろうに。

怒りたいし、笑いたい。「参った、参った」と口走りたい。そこをこらえて話し出し、何とか無事、講演を終えることができた。

講演を終えて戻った控室に、容子が小さくなって訪ねてきた。

もっとも、「ごめんなさい」を繰り返すものの、顔にも体にも笑いを残している。

「参ったなぁ」

「ごめん。もう、しませんから」

「当たり前だ」

一瞬の出来事であり、どれだけの客が気付いたろう。いずれにせよ、講師控室に長居は無用で、

「お先に失礼します」

控室の人に会釈《えしゃく》し、次の用に追われている感じをよそおって、そこを出た。

走ってきたタクシーを拾う。

「どちらへ」

「銀座へお願いします」

私と顔を見合せるより早く、容子は答えた。こちらはただ、うなずくのみ。

続いて容子は、行く先の店の名を運転手に伝えている。

私は六年間の学生時代、ほとんど国立や吉祥寺《きちじょうじ》で過ごしたせいもあり、銀座へは数える程しか出ていない。

結婚後も同様で、銀座とは無縁の暮らしであった。

一方、容子は、日本橋の三越や高島屋の前から、銀座を通り抜けて新橋駅まで歩くのが、唯一《ゆいいつ》の健康法と自称していた。

ときにバーゲンセールなどで掘出物を買ったりもするようだが、それよりも眼福を求めて。とにかく見る、見て歩く。それが、まちがいなく彼女の生きる楽しみの一つになってはいた。

そうした時、人工衛星の利用法として、遺骨を積んで飛行し、ぐるぐる地球を廻る、文字通り、天国で永眠させるプランができた、とのアメリカからのニュースが流れた。

夕食の席で一緒にテレビを見ていた容子が、まじめな顔で切り出した。

「お願い。あなた、決してあんな風になさらないでね」

そうしたニュースをまともに受けとめているといった様子の彼女。

私は半ばあきれ、半ばとまどいながら、

「どうして、そんなことまで心配するんだ」

「だって、あなた、飛行機とか、空を飛ぶことが好きだから。きっと、亡《な》くなった後も、空から私を見ていて、『あっ、また銀座か』なんて……」

ジョークというより、本気で心配している。

私は噴き出しそうなのをこらえ、

「よし、よし、しないよ。第一、あんなの目が廻りそうで、かなわないな」

「ああ、よかった」

容子は胸に手をやって言ってから、つけ加えた。

「大丈夫。監視されなくとも、決して無駄な買物はしませんから」

こんな会話をする中年夫婦が居るものだろうか。私は苦笑して、やはりうなずくばかり。

2

二人の出会いは学生時代にさかのぼる。

それは、昭和二十六年早春のある朝の何でもない偶然、そして、誤解から始まった。五分、いや三分でも時間が行きちがったら、初対面もなく、二人は生涯会うこともない運命であった。

当時まだ学生の私は、何か用があって、名古屋の実家に戻っていたが、近くに名古屋公衆図書館なる古びた建物があった。

福沢桃介《ふくざわももすけ》（諭吉の養子で、川上貞奴《かわかみさだやっこ》を愛人に。「電力王」と呼ばれた）や豊田佐吉《とよださきち》（トヨタグループの祖）などの面倒を見た矢田績《やだせき》という実業家が建て、膨大な蔵書を含めて寄贈したもの。公立図書館と違い、経済・産業関係の本が多く、私の父なども若い日から通っていた図書館であった。父は、少年の私に、渋沢栄一や大倉喜八郎などのエピソードを語ってくれたものだが、それはこの図書館で読んだ本の知識による。

読書好きの私も子供の頃から利用しており、大学に入ってからは帰省するたび、折々に自分に課したテーマ次第で、ふらりと訪れていた。この頃には、のちに『中京財界史』として一冊に纏《まと》めることになる〈幕末以来の名古屋経済人たちの景気循環への対応〉というテーマを抱えており、それを調べるには、まさにうってつけの図書館。

ところが、その朝出かけてみると、規定の休館日でもないのに扉は閉ざされ、「本日休館」の札がぶら下がっている。何かの都合で開館時間を遅らせているのかと思ったが、建物の中に人の気配はない。

（――おかしいな）

とまどって佇《たたず》んでいると、オレンジ色がかった明るい赤のワンピースの娘がやって来た。くすんだ図書館の建物には不似合いな華やかさで、間違って、天から妖精《ようせい》が落ちて来た感じ。

「あら、どうして今日お休みなんでしょう」

小首をかしげた妖精に訊《き》かれても、私にも答えようがないし、ずっとそこに立っているわけにもいかない。仕方なく、私は家へ戻ることに決めた。

近くに、「栄町」という市電の交差点があって、そこから私の家は徒歩で七、八分の距離。栄町は、昔の東京で言えば銀座尾張町に近く、名古屋でいちばんの繁華街で、かつ交通の中心になっている。市内の東西南北へ市電やバスが出ており、どちらに向かうにせよ、この交差点に行けばよい。

「とにかく、栄町にでも出ましょうか」

とりあえず二人は歩き出した。

歩きながら、「どこの大学ですか」と訊かれ、校名を告げたが、はじめて耳

にする校名であったらしく、

「ヒトツバシ、ですって？」

不思議そうに訊き返しただけで、ノー・コメント。

無理もなかった。私が復員して受験した時は、「商」を嫌った軍国主義時代の名残りで、「東京産業大学」という校名であった。これが、入学後、旧名の東京商科大学に戻り、更に法学社会学部なども持つ綜合大学となって、校名は発祥地に因《ちな》んで一橋大学に。おかげで、こちらは一つの大学にいるのに、校名だけが二転三転。新しい校名になってまだ日が浅く、彼女の知る筈《はず》がない。

しかし、さらに彼女をとまどわせたのは、ヒトツバシを経済の大学と説明されて、「では卒業されたら、会社員になるのですか？」という質問への私の答えであった。

「就職する心算《つもり》はなくて。いまは学者の卵だけど、とりあえずはどこか大学に勤めるにせよ、行く行くは筆一本で生きたいと思って……」

そう告白すると、彼女はびっくりしたように、立ち止まって私の顔を見直し、

「筆で！」

と、念を押すようにたしかめたあと、「そうなの」とつぶやいて、黙り込んだ。

彼女の驚きは、「筆は一本、箸《はし》は二本」などと言われるような、職業としての文筆業の危うさを案じてのことと思ったが、これは、後で私の早とちりとわかる。

私の言葉足らずというか、彼女のほうも早とちりをしたというか、偶々《たまたま》、彼女の無二の親友が名古屋の大きな筆問屋の娘であった。その大問屋の様子を思い浮かべて、「私にはとてもとても」と彼女は思いこみ、私の発言に対して、とっさに何もコメントできなくなり、またもノー・コメントになった。

一方、「あの図書館へよく来ますか」という私の問いに対しては、かぶりを振り、

「はじめて」

家は中村公園近くだと言い、かなりの距離を来るわけだから、よほど読書好きだろうに、意外な答であった。

栄町の交差点に着いた。

目の前の「広小路通り」はいわば銀座通りにあたり、若い男女の遊歩道にもなっている。ここから右に折れると、商家を営む私の実家がある。すぐそこには電停もあって、彼女の家は西へと向かう市電に乗り、幾つも先の停留所で降りなければならない。

ところが、私は右に曲がろうとしないし、彼女は彼女で電車に乗ろうとしない。

結局、二人は並んだままで、そのまま広小路通りを散歩する形に。

目抜き通りだけに、話題には事欠かなかった。

訊くとはなしに訊くと、彼女はまだ高校生だと言う。それなのに、図書館通い。学校の勉強に飽き足らぬ、勉強家なのだと、私はひそかに感心した。後日の説明によって、この感心も私の早とちりとわかる。彼女は読書家でもなんでもなく、その日は高校の運動会をさぼっての時間潰《つぶ》しと、溜《た》まった宿題をやるために、半ばしぶしぶ、図書館にやって来たのだ、と。

広小路通りの途中、我が家の氏神様にあたる神社の前では、線路越しに軽く手を合わせて、さらに西のほうへ。

そうしてのんびり歩いて行った先に映画館がいくつかあり、その一つに、アメリカの音楽映画がかかっていた。かねて見たいと思っていた映画だし、図書館休館のおかげで時間もある。

足を止め、

「一緒に見ませんか」

誘うと、彼女は一瞬驚いたようだが、笑顔でうなずく。

音楽家を主人公にした映画で、はらはらさせたり、しんみりさせたりしながら、アメリカ映画らしく、ハッピィ・エンドで幕になる。

映画館から出て、再び広小路通りへ。口の渇きもあって、明るい感じの喫茶店を見つけて入るのも、自然の流れ。

向き合って映画の感想など話し、ついでに、そのときポケットに入れていた本を、彼女に貸した。休館の図書館にやって来るくらいだから、とにかく本好きの妖精だと思いこんで。

あらためて彼女の顔を眺めると、優しいが、整った顔立ちをしている。私は、このまま会えなくなるのが惜しくて、図書館で再会することを約束し、さらに彼女のアドレスと電話番号を訊《たず》ねて、手帳に書きつけていると、ふくみ笑いの声が聞こえてきた。私がジャンパー姿であり、目つきもするどいせいもあってか、

「あら、刑事さんみたい――」

別れたあと、追いかけるように彼女から葉書が来た。

「御借りした日本史の参考書がとても役に立ちましたことを御礼申し上げます。まことに勝手な事ではありますが、この書物を御返ししたいと思いますから、図書館へ十四日午後一時半から二時ころまでにいらしていただけませんでしょうか」

ところが、彼女が言った「刑事さんみたい」という言葉は冗談に終わらなかった。私たちを尾行している刑事もどきの男がいたのである。

名古屋はもともと親藩筆頭の尾張徳川家が三百年間、居城を置いた町だけに、つとに市中の取締まりなどがきびしく、このため、明治に入ってからも、その空気は残り、司法や警察の力が強かっただけでなく、「教護連盟」なるものがつくられ、教師や一部の父兄が、学生・生徒の素行や挙動を監視した。

戦後になってもなお、それに似た組織が残り、現代風に言うなら、青少年補導に当たる民間人ボランティア団体なのだが、怪しいというか、気にくわぬ青少年の振舞を見れば、注意するだけでなく、親や学校に早速、通報する。偶々、彼女の家の近くに住む、そうした「刑事さんみたい」な男が、映画館を出た私たちを見咎《みとが》め、尾行した挙句、彼女の家を訪ね、父親に警告した。

このため、約束した再会の日が近づくと、会うのは図書館でなく、広小路沿いの小さな広場に変更したい旨《むね》、彼女から緊張した感じの電話があり、そこでも、会うなり、ベンチに坐《すわ》ろうともせずに、

「もうお会いできません」

震えた声でそう言うと、どこかから見張られているかのように、慌《あわただ》しく走り去ってしまった。私の手に、封書を残して。

手紙は、父親に書かされたらしい硬い文章の絶交状であった。

今後、二度と会わぬだけでなく、便りや電話なども一切やめて欲しい——と。

恋の弱みで、再会の日まで、「妖精か天女か」とまで思いつめていた私はショックを受けた。妖精はやはり妖精でしかなく、手に入るものではないのだ、

諦《あきら》めるほかないじゃないか。私は自分に言い聞かせた。

滑稽《こっけい》かもしれぬが、一度しか会っていない彼女を、ゆくゆくは伴侶《はんりょ》に、とすら考えていた。

東京暮らしのあいだに、私にも幾人かの女友達ができたが、結婚まで思いつめたのは、はじめてであった。それだけに、失恋の痛み、絶交の痛みは大きかったが、ただ茫然《ぼうぜん》としているわけにもいかなかった。

3

クラークの「ボーイズ・ビィ・アンビシャス」を「少年よ、大志を抱け」と訳したのは誰なのか、名訳であり、少年の心を貫く。単純な私などは、串刺《くしざ》しにされてしまった。

先の戦争中、「大志」はそのまま「忠君愛国」「大義」に置き換えられた。それ以外の生き方は一切許さぬという凜《りん》とした烈《はげ》しさで。

それがまた、当時の私などには心地よかった。

私は軍神杉本五郎中佐遺著『大義』に深く魅了されており、人生を大義一本にしぼって、両親の心配や説得を振り切り、というより両親を裏切る形で徴兵猶予《ゆうよ》を返上し、七つボタンの制服への憧《あこが》れもあって、海軍に志願し、少年兵となった。待っていたのは、「大義」も何もなく、「人の嫌がる海軍に志願してくるバカがいる」と、朝から夜中まで、ただひたすら殴られ続けるだけの毎日。

戦後になると、その大義がまちがいであり、「あんなものを信じて海軍を志願するとは、子供のように幼稚で低能だ」などと批判され、こちらは「戦争にも行かないで、何をこの卑怯者《ひきょうもの》！」と思うものの、論戦となると歯が立たない。そこから立ち直るのは一苦労であった。立ち直るために、ひたすら本を読んだ。私は廃墟《はいきょ》になって生きていた。私はすべてを疑うことから始め、すべてを自分の手で作り直さなくてはならなかった。

救いは、戦後の空が、限りなく高く、広く、青いことだけであった。

私は、復員してからずっと、ひょっとすると今に至るまで、「はげしく人生が終り、別の生を生きている」という思いにとらわれていた。自分を廃墟のように感じていたが、そんな余生に似た人生の中で、私にとって、たしかなものとは何であろうか、とぼんやり考えはじめた。はげしく生き、そして死んでしまった者たちに代って、私は、何ができ、どう生きればいいのだろう。私は大義の呪縛《じゅばく》からいかにして自分自身を回復して行けるのだろうか。

やがて私は、そうした問いかけに対して、小説という形で答えようと決めた。

話を旧に戻す。

天使かと思ったほどであったから、「彼女を伴侶に」というのは、当時の私にとって、かけがえのない大きな夢であった。

もともと私は単純というか、思いつめるタイプなのに、戦後はじめて燃え上がった思いを、たちまち叩《たた》き消されたのだから、たいへんなショックを受けたはず。

ところが、そんなに長いあいだ、深いショックに沈み込んでいたという覚えがないし、その種のメモも日記も残していない。

我ながら不思議な気がするが、ふりかえってみれば、私はまだ在学中の身であり、帰るべき世界があるというか、東京へ戻らねばならなかった。いや、東京での新生活への楽しみもあった。

予科・学部と六年間にわたる一橋大学の生活で、五年間を武蔵野のはずれで暮らした後、最終の一年間は江戸のにおいのするところに住み、かつ都心生活をエンジョイしようと決めて、その春から移り住むための借間も見つけていた。

そこは谷中墓地のはずれの、断崖《だんがい》の下に立つ一軒家の二階であり、三方を墓地、残る一方を崖《がけ》に囲まれていたが、そんなことは気にならない。一階には、家主である老女とその娘が住んでいた。

それまでの五年間は、大学寮をはじめ、禅寺やＹＭＣＡ寮に住み、読書一筋で過ごし、傘すら持っていなかった。読みたい本や、考えたいことが多く、部屋の中でひたすら本を読んで過ごしてきたので、傘が要らないのであった。寮は六人一室であったため、一人になりたい時は、押入れに電灯をひきこんで、読書や瞑想《めいそう》にふけった。夜寝るのが惜しく、ヒロポンを服《の》んで、眠らずに本を読み続けた。電力不足の時代で、停電もよくあったが、停電時でもあかあかと電気がついているのは電車であり、停電になると本を読むためだけの目的で、駅へと走った。

そんな地味な生活とは裏腹に、谷中へ移ってからは、いわば下宿を基地に日々出撃する形で、私は都心へと出かけていった。

つまり、初恋という大きな夢は破れたものの、それを埋め合わせるような形で、中小さまざまに花開いた夢に囲まれ、それらがショック・アブソーバーとして十二分に機能していた、というわけであったろう。

昼間は日比谷で、「進駐軍の図書館」などと呼ばれたGHQ民間情報教育局（CIE）の図書室へ通い、何時間も英・米文学の新刊書を読み続けたし、神田の研数学館では、専攻の理論経済学のために、やや泥縄ながらも高等数学の勉強もはじめた。

夕方になると、お茶の水のアテネ・フランセで、ダイレクト・メソッドでフランス語を若いパリジェンヌから学び、ニコライ学院では、小肥りの中年の小母さんから、ロシア語の中級会話を、やはりダイレクト・メソッドで。こちらの生徒は私ひとり。

そして、夜はダンス教室に通う。

そうした日々の中で、各所で未婚・既婚さまざまの女性を知り、心を通わせる相手もできた。あるいは結婚をと思わせる女性に出会いもしたが、結局、具体的に考えることはできなかった。

その年の冬は寒く、雪の日が多かった。谷中墓地の眺めや、その静けさは心に沁《し》みた。幸田露伴が描いた五重塔がまだ焼失する前であり、雪の夜などは息をのむ壮麗さであった。

下宿の一階に住む娘が、「温かいものでも」と毎夜のように階段を上り、五目粥《がゆ》を持ってきてくれた。美しい娘であった。私は、粥を下宿生に対する単なる好意と受け止めていたが、それにしてはきちんと化粧をし、着るものも整えてのことである。いつまでも、ただ「有難う」では済まない気がしたが、今の私の状態で、さらに一歩を踏み出す気にはなれなかった。やがて私は下宿を引っ越した。

いずれにせよ、妖精《ようせい》に見放された暗い淵《ふち》の底から、私はそれほど深い傷を受けることなく、這《は》い上っていた。

だが、妖精をきれいさっぱり忘れ去ることまでは、できていなかった。

4

昭和二十七年春、大学を卒業。大病をした父親から「店を継がなくてよいから、名古屋へ戻るように」と促され、私は近隣の岡崎市にある愛知学芸大学の専任講師となり、名古屋の実家から通勤するようになった。

旧制大学卒業の数日後、私はすぐ新制大学の教壇へと、妙な横滑り。一転して、学生たちを高みから見下ろす形になった。

学生たちとは余り年齢も違わない。軍隊帰りなどで、私より年長の学生もいて、そのうちの一人が、講義中に弁当の蓋《ふた》を開け、食べ始めようとした。若すぎる教師への挑発である。私がどう出るか、学生たちは私を見つめた。

ためらわず、私は声を荒らげて叱《しか》りつけ、彼を廊下へ出した。

それでよかった。この教師がどう出るか。私とほぼ同年輩の学生たちは賭《か》けでもしているみたいな感じであった。

もっとも、「景気論」などの講義はきちんとしたが、「学生指導」となるとこちらも若く、おぼつかない。学生たちと酒席でさしつされつやっていると、同世代の友人たちと飲んでいる気分になって、つい度を過ごし、こちらが先にダウンして学生に介抱されたり、家へ送り届けてもらったり。

学期末の三月には、危うく生命《いのち》を落としかねぬ経験もした。

卒業する学生たちを囲んでの送別の宴でのこと。私の泳ぎ好きを知る学生に「泳いで見せて下さい」と挑発され、私は酒の勢いもあって、料亭のすぐ前を流れる矢作川《やはぎがわ》の支流（菅生川《すごうがわ》）で泳ぐと言って、川へ走って行こうとした。「先生、危ない！」と何人かの教え子が腕ずくで引きとめてくれたから助かったものの、若い教師への反発もあってか、「面白いから、放っとけ、泳がせろ」と叫んだり、拍手したりする学生たちもいた。酒量や水勢、気温からいっても、私は水死しかねず、「大学教員酔余水死！」と、次の日の新聞に出るところであった。

その一方で、次々に縁談を持ちこまれていた。商家の長男ながら家は継がず、「国家公務員・文部教官」なる安定した身分というので、堅実本位の名古屋の土地柄では放っておいてくれない。いや、勤務先の岡崎でも次々と縁談を持ちこまれ、写真を見せられた。

多少の修整もあるのだろうが、世間的には「美人」と言える写真も続々と突きつけられ、「とにかく見合いだけでも」と迫られる。返事に困ったし、一々断わりを考えるのも面倒になった私は、思い切った口実を考えた。

「絶世の美人なら――」

と。

無理に写真を見せられても、「美人は美人だけど、絶世の美人じゃない」なんて。

生意気ととられてもよい。きっぱり断わるには、これしかないと思ったし、これには効果があった。

「とても可愛《かわい》い顔なんだけど」「十人並みだけど、心根がいい娘で」「これでも駄目ですか」などと、紹介者たちはぶつぶつ言っては諦めてくれた。

とにかく「絶世」と言っておけば、絶世なんだからこの世にいる筈《はず》がなく、話の持ちこみようがなかろうと思ったまで。ただ、実家に持ちこまれる縁談には、私だけでなく、親たちが困っていた。

縁談攻勢がすでに始まっていた頃か――一橋の同期生が十人ほど名古屋へ赴任してきており、独身者ばかりなので、ときどき集まってはビールなど飲み、その勢いで、ダンスホールへ繰りこんだりもした。当時はダンスブームであった。

ホールには、レッスンかたがた相手をしてくれる女性たちもいて、踊るも見るも、気楽な雰囲気。ダンス上手もいれば、全くの初心者もいて、それぞれがそれなりに踊っている。その男女たちを何気なく酔眼で追っていて、私は声を立てそうになった。

一種の奇跡であった。

妖精——彼女がいて、私と同年輩の男と踊っている。そして、私と眼と眼が合ったとき、笑顔で懐《なつか》しそうに会釈《えしゃく》してくれた。

やがて、バンドの交代があって、ダンスは休憩。

彼女の姿は消えたが、次の演奏が始まるときには、ふたたび現れ、パートナーの男と話しながらも、ときどき視線をこちらへ。

演奏とともに、ダンスが再開された。私は思い切って、彼女に近寄り、「二人で踊りませんか」と。

彼女もそれを待っていたかのように、パートナーの男から離れ、私の腕の中に。相手は、知り合いの銀行員の由《よし》。

そして、ダンスする中で、

「いまの私の勤め先なの」

電話番号を記したメモを渡してくれた。

父親から、手紙や電話を含めて一切絶交を命じられているはずだが、勤務先なら知られることはない。

「電話していいんだね」

念を押すと、笑顔を深めて、大きくうなずいた。

次の朝、もどかしいような気持ちで電話すると、

「M社の秘書課です」

と、まぎれもない彼女の声。嬉《うれ》しかった。

デートの日時と場所を伝えると、

「はい、承知しました」

言葉を選びながらも、声ははずんでいた。

秘書課なので、電話は直接、彼女に通じる。私にとっては、まさに「天の配剤」、世界が一気に明るくなった。

こうして、私たちは、誰かに気付かれることも、また気がねすることもなく、デートを重ねるようになった。

ある日、母と街を歩いていると、すれ違った若い女性が、頬を染めて会釈する。

「あのひとからも、縁談が来てるのよ」

「うーん」

そんな会話から、母は私の心中に気づいて、

「おまえ、きっと好きな娘さんが居るんでしょう」

迫られて、私は、容子のことを白状した。

少々せっかちなところもある母だが、縁談を断わり続けるのに、うんざりしていたのか、これはいい話と思ったのか、アドレスを頼りに、早速、先方の家へ訪ねて行った。

当時の名古屋では、結婚は本人同士というよりも、家と家。

お見合いはもちろんだが、縁談があると、仲人《なこうど》や縁者を通しての情報収集、いわゆる「聞き合わせ」を重ね、仲人が間に入って、話を進めていくのが普通であったが、私の母はそうした名古屋的手続き抜きで、私の告白を聞くといきなり相手の家に素っ飛んで行った。

幸い、相手の父親は、東京生まれの東京育ちの上、ハルピン・大連などの外地暮らしが長く、話が早い。若い日には、当時としては珍らしいオートバイを乗り廻していたりしたというだけに、母のそうした「飛びこみ」が気に入って、話は一気にまとまってしまった。

『悪魔の辞典』などを著したアメリカの作家アンブローズ・ビアスによると、

「人間、頭がおかしくなると、やることが二つある。ひとつは、自殺。ひとつは結婚」なのだそうだが、私も容子も、頭がおかしくなっていたのかどうか、結婚に躊躇《ちゅうちょ》はなかった。私が二十六歳、容子は二十二歳のときのこと。

5

次は、無論というか、結婚式。

ふだんの生活が質素な割りに、冠婚葬祭には思い切った金をかける――というのが、名古屋のしきたり。

とりわけ、「家と家との結婚」の披露目である結婚式には金をかける。派手というか、モダンな式場を選び、さらに披露宴を一流の料亭で開く等々。

だが、面倒臭がりの私は「家業を継ぐわけではないから」と、それら一切を断わった。どうせ、「筆一本で」生きられるかどうかはともかく、貧乏学者として終わる。世間の目など、気にしなくていい。

このため、式は市営結婚式場で簡単に済ませ、披露宴も省く。そのかわり、そうして浮かせた金で、九州の「三島観光」という新婚旅行をしよう。海外へなど出られぬ時代であり、鹿児島、桜島、霧島など、「島」がつく南九州の三ヶ所を廻る旅などが、最も素敵なハネムーン・ジャーニイとされていた。

さて、結婚式当日、容子は未明に起され、入浴させられた。次に髪を結い、厚化粧を施され、朝食はほとんどとらぬまま、近所に挨拶《あいさつ》廻りをし、祝いの盃《さかずき》を空けさせられて家を出た。

寝起きに入浴、そして空腹のところへ酒というわけで、式場に着いたときには眩暈《めまい》がしそう。

さらに、三々九度の盃。

形だけ口をつければよいのに、情報不足で、頑張って飲まねばならぬと、全部飲んでしまった。

式そのものは無難かつ簡単に終わった。ところが、私の父が、「折角お客さんに来て頂いたのに、宴無しでは申訳ない」と、式途中で馴染《なじ》みの料亭に電話して無理を言い、急に祝宴を持つことに。

そこでまた祝いの盃が次々に差し出され、花嫁としては、箸を取るひまもなく、形だけでも受けざるを得ない。

このため、宴が終わり、ハイヤーに乗ったときには、容子はぐったり。駅に着き、頼りない足元で京都へ向かうグリーン車に辿《たど》り着いた後は、彼女にそのつもりはないのに、私にもたれかかる他はない有様。

車内の客、車両を通り抜ける客から冷やかしの眼を次々に向けられ、中には、

「お熱いところを見せやがって……」

と、毒づくものもいたが、当方としては、どうしようもない。

その夜は、京都に泊まることにしておいてよかったのだが、宿に着いた時には、もはや飲食する気にならず、そのまま床に。

やがて二人はいくぶん正気と元気を取り戻し、はじめて体を合わせたものの、敷布団《しきぶとん》に初の交わりの跡を残してしまい、その後京都へは幾度も一緒に行ったが、そこは二度と泊れぬ宿になった。

後になっての容子の告白によると、その辺のことを彼女の父は心配したものの、男親としては話しにくく、絵入りで解説した一種の手引書を入手し、「大事なことだから、こっそり読んでおくように」と式場へ向かう車の中で彼女に渡した、という。式場のトイレで本を開いて見た容子は、驚くやら恥ずかしいやらで、慌《あわ》てて閉じて、そのままトイレに捨ててきてしまった。

容子の母は、戦時中、満州で亡《な》くなっており、それからは男手ひとつで育てられたのだが、その影響が思わぬところで出た恰好《かっこう》。

京都に一泊して、次の日は列車で九州へ。鹿児島・桜島・霧島のいわゆる三島ハネムーンコースをまわると、別府へ向かった。二人で湯に浸るためというより、私にはかねがね訪ねたい場所があった。

このため、別府へは一泊しただけで、次の日は高崎山へ。

野生の猿たちに会えるというので、動物好きの私にとっては、温泉などより楽しみにしてきた場所であった。

人馴れしている野猿がベンチの背凭《せもた》れまで近寄ってきて、帽子にコート姿で坐《すわ》っている容子と並んで一服。というより、その先に何か興味を惹《ひ》くものがあったらしく、同じ角度で顔を向けて一点を見つめている。触れあわさんばかりの近さで横顔を並べて。

容子と猿の無心さのせいか、一つに融け合っている。

一人と一匹がそんな風情《ふぜい》で顔を並べたところがおかしくて、クローズアップでシャッターを切った。

無精であり、機械に弱いせいもあって、私は写真を撮るのも、撮られるのも、苦手。

新婚旅行の写真は、この一枚が残っているだけ。他は失《な》くしてしまったのか、それとも、その一枚しか撮らなかったのか。私たち新婚夫婦の姿を、誰かに頼んで撮ってもらうこともなく、二人の写真は残っていない。

「まるで私、お猿さんと新婚旅行に行ったみたい」

後々まで、九州でのたった一枚の写真を見る度、彼女のつぶやきを聞かされることになった。

「私もお猿さん仲間みたい」

「私を猿扱いにして、お気に入りなのね」

などとも。

怨《うら》まれる結果になったが、そもそも別府へ行ったのが、温泉よりも猿見物のためであり、彼女には不満かもしれぬが、動物好きの私には気に入りの構図の写真であった。

そうした私の動物好きはずっと続いて、どんな国に行っても必ず動物園へ寄るし、あるときは何かの弾みで思い立ち、「家のまわりに堀池を作ってペンギンを飼おう」と言い出して、彼女を呆《あき》れさせたり、嘆かせたり。ペンギンは、強く反対されて、むりやり諦《あきら》めさせられたが。

もっとも、夜には、いささか償いもした。

列車での往路の長旅と違って、帰路は別府から神戸まで、瀬戸内海を渡る船旅。ロマンチックに旅を終わるはずであり、部屋も、トイレ付きの個室を奮発したところまではよかったが、深夜、そのトイレが紙づまりを起した。

当時はまだ水溶性のクリネックスなど無かったせいで、一騒ぎ。二人とも、その辺のことは、初心なままであった。

責任は双方に等分に在るとはいえ、作業は男の仕事。重なっているクリネックスを取り除くのに、腕まくりして奮戦した。

京都の宿でも布団を汚して大慌てしたが、しかし、その後は、

「私、眠る時間が無いわ」

妖精《ようせい》は半ば甘えながら、こぼしていた。神戸へ上陸すると、埠頭《ふとう》に立つホテルに魅《ひ》かれて、予定には無かったが、さらに二泊。

名古屋へ発《た》つとき、彼女は実家へ電話して、無事に旅を終えたことを報告した。その際、「とってもよかった」を連発したとかで、後日、陸軍少年飛行兵上りの義兄から「あのときには、すっかり当てられて、参った、参った」と冷やかされ、私としてはどうにも答えようが無かったことをおぼえている。

こうして一週間の旅を終わり、出校すると、大学の事務局に呼ばれた。

「ハネムーンで一週間休まれたようですが、そういう場合は事前に事務局へ届けを出し、許可を得た上で、出かけて下さい」

こちらは受講している学生たちに断わってさえおけば、「それでOK」と思っていたわけで、大学教師としてのマナー知らず、見識なし。

6

私がただ甘かったというのでは無い。

それから始まる日々は、妖精にとって決して甘いものではない。

その埋め合わせというか、前払いとしての旅行でもあった。

戦中の度重なる米軍の絨緞《じゅうたん》爆撃のため、ほぼ全市が焦土に近くなった名古屋の住宅事情は、結婚した昭和二十九年になっても、なお最悪の状態。このため、二人は名古屋栄町の私の実家に住むことに。

彼女は、「筆で生きたい」という教員に嫁いだ心算だが、住むのは、「インテリア」つまり室内装飾業を営む私の実家の二階の一室。新郎である私は、岡崎にある大学に出かけるが、彼女には、商家の主婦としての生活も待ち構えていた。

早朝に起きて、炊事。

お手伝いさんがいるとしても、住みこみの店員さんや職人さんの分も含め、十何人分も用意しなくてはならない。

店員さんが五人ほどいて、さらに通勤の職人さんが毎日出入りする。残業があり、深夜業も珍らしくなく、三食に加えて、夜食も用意しなくてはならぬし、忙しいときには、容子もインテリアの作業を手伝わされたりもした。塗装などに至るまで。

たいへんだったろうが、いま思い返しても、彼女がその辺の苦労を口にしたことはない。それも辛抱してというより、若かったし、多少、物珍らしさもあったようだ。ただ、愚痴こそこぼさないが、疲れていくのが、傍目《はため》にも明らかであった。

それに、彼女自身が物珍らしさの対象にもなった。

たとえば、夜ふけ、ひとり入浴していると、浴室のまわりで小僧さんというか、住みこみの若い店員さんたちが好奇心旺盛《おうせい》に、

「あ、若奥さん、いま湯に入った」

「体を洗ってる！」

などと、実況中継まがいの大きな声。

恥ずかしくて、湯への出入りにも音を立てられず、洗うに洗えず、動けなくなった、と悲鳴をあげた。


いや、別のことでも容子は悲鳴をあげた。

私は愛知学芸大学商業科の専任講師であったが、英文科のスタッフたちと月一回、文学書の勉強会を持つようになった。

豊橋市にある愛知大学の教授をしていた詩人の丸山薫さんの知遇を得、「文

学好き同士で勉強会を持ったら」と、すすめて下さったことがきっかけ。さいわい良い仲間四人を紹介して貰い、以後、日曜日の午後を潰しての読書会が始まった。

お互いに、出身とか経歴とかに関係無しに、一冊のテキストについて、徹底的に討論をしようというもので、会の名は「くれとす」。

文明の起源はギリシャ、それも文学が花と開いたのはクレタ島あたりとされており、読書会を始めた頃には独立問題を抱えて、古い文明を持つけれど、いわば死火山ではなく、いつ爆発するかもしれない休火山。その「クレタ」は古名をクレトスといったことからの命名であった。むろん戦後間もない当時のこととあって、仲間の誰ひとり行ったことのない土地だが、古代ギリシャに通じるような響きもよく、目立たないながら火を燃やし続けるイメージにも惹かれて、若い私たちは一も二もなく飛びついた。

その名に恥じぬ水準かどうかはともかく、文学好き同士の烈《はげ》しい会にしようと志して、ビールを少し飲みながらのせいもあったが、期待通りに毎回激論を闘わせる会になった。ごくまれに、五人の評価が一致すると、何だか物足りぬ気になったりもした。

　そして会場は仲間の家を順番で、としていた。嫁いできた容子は、初めてその席へ給仕に廻ったが、あわてて駈《か》け下りた。

「お母さまたいへんです。大人たちが怒鳴り合いの喧嘩《けんか》をしてます」

　うろたえる容子に、母はにが笑いして、

「いいの、いいの。あの人たちは変わり者ばかりで、いつも、ああなんだから」

　もっとも、そうした激しい勉強会が、それから五十年間毎月（後年は隔月になったが）続こうとは、メンバーの誰も思っていなかった。経済学出身の私にとっては、掛け替えのない勉強会で、「継続は力なり」を、身に沁《し》みて感じさせてくれる会となった。

それから二十年ほど後、カナダへ取材旅行に出た私は、街道沿いの茶店に「くれとす」の看板を見つけ、乗っていたタクシーにＵターンしてもらって、その店へ。数席のテーブルがあるだけの小さな、好もしい店であった。

いかにもギリシャ人らしい夫婦に一杯つけてもらったのだが、立ち寄った理由など話しても通じる筈がなく、首をかしげたままの夫婦に見送られる小憩に――。

容子には他にも、ふつうの新婦にはない、おつとめがあった。

私の父が、私に輪をかけた動物好き。街の真中なのに、小さな庭に池を造り、金魚や鯉《こい》はもちろん、亀《かめ》や鮒《ふな》などを放す一方、長男の私が兎年だからというので兎も放し飼いを始め、二階は二階で背丈ほどもある鳥小屋を作って、カナリヤなどだけでなく、大小さまざまな鳥を飼い、その世話もまた容子の仕事の一部に。おかげで、彼女の日常はさらにてんてこ舞い。

このため、姑《しゅうとめ》である母が見かねて、「早くここから出なさい」。しかし、まだ焼跡も残っているような名古屋ではなかなか恰好の家が見つからず、私は困り果てた。

そうした生活が二年ほども続いたであろうか。私たち夫婦に長女が生まれ、喜んだのもつかの間、その子は生後三ヶ月で亡《な》くなり、続けて母も急逝《きゅうせい》した。母はわずか半日の病床生活で逝った。まだ高校生であった弟が、映画を観《み》に出かけるとき、元気で声をかけたのに、帰って来ると死んでいた。商家の主婦として、忙しく立ち働き、ちょうど京都でルーブル美術館展が開かれるというので、絵の好きな父と一緒に、数年ぶりに旅に出られると喜んでいた矢先であった。

母の死後すぐ、私と容子の間に、今度は男の子が授かった。乳呑児《ちのみご》を抱えた容子だが、亡母に替わっての、商家の主婦としての仕事がさらに増えていた。

これは、もう、どうしても独立しなければと焦っていたところへ、妹の嫁ぎ先が持つ貸家が空いたというニュース。飛び立つようにして、昭和三十二年春三月そちらへ引越した。名古屋市の東郊、織田信長の出城の一つがあったことから、通称「城山」と呼ばれる地域。

7

私は、その三月を転機にしようと、本格的に小説に取り組み、『輸出』と題して、書き始めた。戦後に登場した新しい〈大義〉、忠君愛国の大義でなく、輸出立国という大義のもと、組織と個人ならば相変わらず組織のほうを大事にする日本と日本人を、商社マンの実態を借りて描きたかった。

私は、復員以来の虚脱の果てに、軍隊経験とは何であったか、〈大義〉とは何か、〈組織と個人〉とは何か、それを自分なりに咀嚼《そしゃく》して、一篇だけでも書き残したい――そんな一心から文学を志した。

この前年に、名古屋の同人誌「近代批評」に『生命の歌』という、海軍での生活を日記体で書いたものが、私の最初の小説である。

詩と評論中心のアカデミックな同人誌にはじめて載った小説は、もはや思い出したくもない時代ということか、「いまさら戦争ものなんて……」とくさされ、「もう創作は掲載しない」などと同人の間では不評であったが、容子が読んで、「泣けたわ」と一言だけ感想を言った。おかげで、私はくじけずにすんだ。もっとも、容子が私の小説を読んだのは、これが最初で最後であったような。

『輸出』を書き上げると、「文學界」誌に投稿した。城山へ三月に引越したから、ペンネームは「城山三郎」として。

本名の「杉浦英一」のままでもよかったのだが、県下には杉浦姓が珍しくなく、たとえば、杉浦明平《みんぺい》さんが既に作家として活躍しておられる。

そこへ、万々一、私が何かのはずみで打って出ることになっては、明平さんが迷惑なさるかも知れぬなどと、大それた心配までして、ペンネームの急拵《きゅうごしら》え。

投稿して二、三ヶ月たったある夜、文藝春秋社から「『文學界』新人賞に決定しました」という電報が来た。

ちょうど私は風呂《ふろ》に入っており、容子が電報配達の男性に、

「シロヤマ？　うちにはそんな人いませんけど」

と応《こた》えている声が聞こえた。あっと思っていたら、風呂の戸が開いて、容子が不審そうな顔つきで、

「何か電報が来て、シロヤマサブロウって人がこの住所にいるはずだって言うんだけど、そんな人、聞いたことないわよねえ？」

容子は、私がそんな名前で小説を書いたことも知らなかったわけで、いくぶん呆れ顔になった。容子が確かめに来なければ、出版社も連絡のとりようがなく、「受賞者存在せず」ということになりかねなかったのでは。

喜びはともかく、容子を嘆かす事態は更に続いた。

文學界新人賞発表の翌夜のことである。中学時代の親友二人が「祝い酒を」

と誘ってくれた。その一人は同人雑誌などに属している文学青年でもあった。広小路かいわいの飲み屋を巡り、三軒目の店に入ったところまではおぼえているが、私は飲み過ぎ、飲まされ過ぎて、ダウン。きれぎれの記憶では、タクシーに乗せられて運ばれ、玄関先へまるで荷物でも放り出すように置かれたのが、次のシーン。

友人二人は、急ぐというより、何か慌《あわ》てた感じで、そのタクシーで帰って行ったということだが、私は文字どおりの前後不覚。

酔い潰《つぶ》れて帰ったのは、結婚以来はじめてのことであり、呼吸が荒いというか、息も絶え絶え、やがては停まりそうな様子に、容子はあわてて医者へ電話したが、通じない。

「あのときは、本当にもう駄目かと思った」

と、彼女は思い出しては、溜息《ためいき》をつく。

とにかく、ただならぬ容態に、医者の助けを求める他は無いが、深夜とあって、医院へ何度かけても電話に出てくれない。

そこで彼女は乳呑児を背負って、寝静まった深夜の住宅街を走り、市電で一駅ほどの距離にある医院のドアを叩《たた》いて、哀願。

その切迫した様子に、医師は着替えて往診に来、手当てをしてくれたが、

「よかった、よかった。意識どころか、生命まで失なうことになったかも知れん。奥さん、もう二度とこんなことさせないように」

と、強く念を押して帰って行った、という。

「背中の子は泣く。私も泣きたかった」と容子。

それが文壇への第一歩の夜であった。

このときのお返しというか、興味もあって、一度は彼女を酔い潰れさせてみたいと思ったが、ついにその機会はなかった。

旅先や乗り物の中などで、一杯やるのは大きな愉《たの》しみであるが、容子は私とグラスを合わせて、一口呑《の》むだけで、こちらに渡してくる。

ヨーロッパへ行く便では、まずシャンパンが出る。容子はいつも通りにグラスを廻してくるので、私は一・九五杯分ぐらいを呑むことになる。

次に好みのカクテルとして、ジン・トニックをとり、彼女にもとらせ、グラスを合わせた後は、こちらへ。

気圧の差の関係で、機内では酔い易いというが、その限界を試してみたい気分もあって、容子にもジン・トニックのお替りを取らせて、合計五杯を目標にしていたものの、彼女に遮られて、結局は三杯どまり。

三杯か五杯かで論議し、他愛もなく酔う。夫婦旅ならではであった。

8

文學界新人賞授賞式。

いや、式というより、文藝春秋社の一室で、賞状と賞金を渡されただけで、記者会見もパーティもなかった。

とはいえ、五万円というまとまった金額を貰《もら》った。文学で得た賞金は文学で使うべきだと、単純な私は思った。

偶々《たまたま》、季節は夏。大学教師の身には、長い休みが眼の前に在る。いっそ信州あたりへ行き、執筆に専念しよう、と早々に決めた。

出版などの形で報いられることはなかったが、この前年には上諏訪で一夏、翻訳に集中できた経験もあるし、今回は賞金もある。

エアコンなどまだ夢の時代であり、炎暑の名古屋でもがいているより、涼しく、また少しは文学にも縁のある軽井沢のはずれででも、次作に取り組み、一夏過ごそう、いや、過ごすべきだ、と思い定めた。

そして、せっかちであり、同時に物臭《ものぐ》さでもある私は、どこかの安宿への客引きならぬ手引きをして欲しい、心当たりの宿はないものかどうか、と編集部へ申し出た。

新人賞の受賞者から、いきなり、そんなことを頼まれようとは思ってもみなかったという風情《ふぜい》で、編集者たちは顔を見合わせたが、私が本気なのを知って、重い腰を上げる形で、あちこちへ電話してくれた。

こうして紹介された先が、他でもない堀辰雄が『風立ちぬ』を執筆した追分の「油屋」という旅館である。

いずれにせよ、次作に集中することに決めたその夏である。私は下書用紙や原稿用紙を抱えるようにして、その宿に向かった。

さすが『風立ちぬ』の舞台と思わせる風格のある旅館であったが、主人なのか番頭なのか、応対に現われた中年の男性に、いきなり訊かれた。

「どんな作品を書いたのですか」

私は、念のためにと思って持ってきた「文學界」誌を取り出し、受賞作である『輸出』のページを開いて見せた。

「これだけですか」

相手は呆《あき》れたように言い、さらに「著書は無いのですか」

うなずくと、相手は「なぁんだ！」という表情になった。つまり、その宿の格式に合わぬ、と言わんばかりに。

とはいえ、出版社の紹介で来た客を追い返すわけにも行かずと、宿の近くに在る民家へ案内された。

「油屋」が契約している農家らしく、民宿に転用されている形で、一階には近所の小学校勤務の女教師が住みこみ、その二階なら——ということであった。やや心外という感じもあったが、浅間《あさま》山嶺《さんれい》をのぞんで見晴らしはよく、何より静かであった。とにかく、ここで中篇を一本書き上げねばならない。

私は準備してきたテーマに取り組んだが、もともと筆がおそいため、そまつな机に向かって唸《うな》り続け、一月近くかかって、ようやく、まとめ上げた。

タイトルは『鍵守《かぎも》り男』。

学歴で劣る会社員が、事務職というより、警備員の助手のように扱われ、複雑な思いの日々を送る——という話である。

夏が終わり、いったん東京へ戻った私は、その足で受賞第一作を編集部に届けたが、次の日には、電話があって、「没」。

うらぶれた中年男の話などは、幾つもあって、新鮮味がない。そうではなくて、『輸出』の延長上の新しいタイプの社会小説を、と注文がついた。

経済小説という呼び名が既にあったかどうか、いずれにせよ、新しい社会小説の書き手だというイメージが定着するまで、その種の作品を書き続けるべきだ——というのである。

小説は小説であって、社会小説とか経済小説とかレッテルが必要なのは面白くない、という思いは私にあったが、「作家も多いのだから、イメージを定着させるのが大事」という編集者の言葉も当然のことなのかも知れなかった。

当然のことかも知れぬが、何か冷ややかな感じもし、それならそれで、なぜ出かける前に一言言ってくれなかったのかと、うらめしくもあった。

没になったため、もちろん原稿料も入らなかった。学界と文壇の違いはあっても、新人への風の冷たさに、変わりはなかった。

二夏続けて家を空けて、収獲なしだったが、容子は、何ひとつ文句も質問も、口にしなかった。

それも、深い考えや気づかいがあってのことというより、「とにかく食べて行けて、夫も満足しているから、それでいい」といった受けとめ方であり、おかげで私は、これ以降も、アクセルを踏みこみながら、ゴーイング・マイ・ウエイを続けて行くことができる、と思った。

9

新人賞の波紋は妙なところで拡《ひろ》がった。

名古屋は大都会なのに、当時は新人作家のデビューが少なかった。

このため、文壇の初年兵でしかなく、ひたすら原稿に取り組むべき身だというのに、キャリア組の士官のように、あるいは腕ききの下士官のように見なされ、地元のメディアからはさまざまな原稿の依頼があったり、講演会などに呼ばれたり、会合への出席を求められたりと、たちまち有名人扱い。

地縁があって、断われば角が立つし、あるいはキザに見られたりする。

私は危険を感じ、「無名」に戻らなければと思った。書ける量は多くなくても、ともかく私にしか書けない小説を書くためには、一刻も早く、この暖かな呪縛《じゅばく》のようなものから脱け出さなくてはならぬ。それは分かっているのだが、気の小さい私には、その気力も体力もない。

となると、唯一《ゆいいつ》の退路というか活路は、名古屋を離れることしかなかった。

もちろん、妻子のある身で無職になるわけにはいかないので、文学そのものですぐ食べて行くことは考えず、大学教師は続けよう。肝心なのは妻子を養うことと、文学への情熱や初心を失わぬこと。とりあえず住まいを東京に移し、私はそこから特急列車で勤務先の岡崎へ通えばよいのでは――と思いついた。

せっかちな私は、年の瀬にもかかわらずそれをすぐ行動に移した。

次に思い出すシーンは、東海道線三等車の窓枠に坐《すわ》っている赤ん坊の姿。

それこそ小学唱歌ではないが、彼は「変わる景色の面白さ」に惹《ひ》かれ、窓外を見つめて動かない。

この先、何が起るのか、何が待っているのか。私そのものがよく分って居らず、無鉄砲な旅立ちであった。

東京もまだまだ焼跡の名残りがあるような住宅難の時代。遠縁の人が探してくれた板橋近くの借家、いや借間にようやく辿《たど》り着いた。

ところが、共用で使える筈《はず》の台所が、家主一家が使っている間は、こちらに立ち入らせてもくれない。長時間、ミルクも水も飲めない赤ん坊は泣き続けた。

覚悟はしてきたものの、この有様ではとてもと腹が立ち、悲しくもなって、偶々、妹夫婦が神奈川県の茅ヶ崎《ちがさき》に住んでいたので相談すると、すぐに、同じ値段で借間でなく、小さな庭付きの家を借りることができると報せてくれた。早速見に行って、即座に契約。

遅れて名古屋から着いた家財道具は、荷を解くことなく、そのまま茅ヶ崎へ。とにかく正月休みに入る前に移っておきたいと、運送会社に無理に頼んでのことであった。

いずれにせよ、大晦日《おおみそか》の引越しであり、おかげで近所では夜逃げと受け取られ、「それにしては明るい夫婦」などと噂《うわさ》されたというが、これは後になって知ったこと。大晦日の借金取りや夜逃げがまだ当たり前のようにあった。新居のあたりが浜から続く砂地であるため、幼い息子が足を滑らせて庭の古井戸の穴に落ちそうになり、借金取りでなく、そちらの方で肝を冷やしたりもした。

東京よりいくぶん暖かな気候は、寒がりの私には好都合であった。ただ、これも後に知ったことだが、戦争末期、相模湾は水中特攻の基地がおかれた土地でもあった。特攻隊員は、潜水服を着て、機雷をつけた棒を持ち、海底に配置される。そして敵艦の艦底に機雷を突き上げるのだ。あと少しだけ戦争の終結が遅れていたら、海軍特別幹部練習生の私たちは、目の前の海に投入されるところであった。思えば、奇妙な縁のある土地。

まだ新幹線のない時代であったが、早朝の準急列車に乗ると、岡崎での午後の講義に間に合い、名古屋の実家に一泊することで、週に三日か四日、出講できる。

にもかかわらず、経済学担当の教授に「県外からの出勤者には、専任講師以上への昇進は認められない」と、厭味《いやみ》を言われた。

現実に首都圏では、県外や都区外からの通勤が普通だというのに。

いや、私の大学でも、たとえば哲学担当で「思想の科学」誌の中心メンバーであった市井三郎助教授は、岡崎で二、三泊する前後、白塗りのオートバイによる通退勤。「恰好《かっこう》いい」と評判にこそなったが、それを咎《とが》める声は耳にしなかった。

ということは、「学者と文士の二足草鞋《わらじ》は許さぬ」との警告か嫌がらせにも思えた。

待てよ、と私は思い直した。

たしかに、学者や作家という仕事は、いずれも無定量、無際限の努力を必要とし、全身全霊を捧《ささ》げて取り組まねばならないもので、本来、両立はありえない。

私と同じ科の上司たちは、理解というか、黙認してくれていたが、いずれにせよ決着をつけねばならぬ問題であった。

問題は先送りする形となったが、ともあれ私は、容子と赤ん坊を連れて茅ヶ崎に落ち着き、腰を据えて小説に取り組むことができるようになった。

だが、文壇というか、出版界はそれほど甘いものでもなかった。

ほぼ半年がかりで書き上げた中篇を文藝春秋社に届けたところ、折り返すように編集長のP氏から電話があった。

「今度の作品は、とてもいい。ただ、一ヶ所弱いところがある」

すぐ補筆に来るように、ということなので、私は湘南電車・中央線と乗り継ぎ、道を訊《たず》ねて、市ヶ谷近くの大手印刷会社へ。

出張校正室で顔が合うや否《いな》や、P編集長は高らかな声で、私を励ました。

「一、二枚分、書き足せば、芥川賞《あくたがわ》まちがい無し！」

原稿を読み返して、私は編集長の指摘にうなずき、手薄と指摘された部分に、「なるほど」と感心しながら、二枚ほど書き加えた。

ところが、それから間もない新聞発表での、芥川賞候補作品リストに、私の作品は無かった。

呼びつけて筆を入れさせ、太鼓判まで捺《お》してくれたのに、選考対象からも外されてしまった。

たまりかねて、私は文藝春秋社へ電話したが、P編集長は、私が話すのを遮って言った。

「城山さん、今はもう大江・開高の時代だよ、大江・開高の——」

相変わらずの高らかな声であり、返す言葉もないままに電話は切れた。

多くのマスコミが「大江・開高の時代」で塗り潰《つぶ》される形となって、私に限らず新人作家への眼配りが薄れるというか、冷たくなった。「もう新人は不要」

と言わんばかりに。

このため新人たちは発表の場を失ない、立ち枯れに近い形。

挙句、「文壇嬰児《えいじ》殺しの時代」などとしてマスコミが取り上げたりもした。

容子もそうした記事を眼にした筈だが、ついぞ話題にしなかった。

おかげで私は取材・執筆のための旅行や長期滞在など、以前同様に何ひとつ気がねすることなく続けて行くことができた。

いや、彼女自身、「ついて来るか」と訊けば、二つ返事で「行く、行く、行く」。

「筆は一本、箸《はし》は二本」という物書きへの警句など、どこ吹く風の二人であった。

朝は早く起きて、できるだけ午前中に筆を進める。そして昼食をとり、一休みしてから、海に出かける。クロール、背泳ぎ、平泳ぎなどで泳ぐだけではなお物足りず、海獣のように、海の中で、思うぞんぶん体を廻したり、潜ったり。海から帰って午睡、それから夕食まで書き、さらに夜十二時過ぎまで書く。小説の原稿に向きあって、中途に水泳と午睡をはさむだけの単調な日課。訪ねてくる人もいない。東京に出かけることもない。そんな日々の中で、『総会屋錦城』も、『大義の末』も書くことができた。

『大義の末』は、〈大義〉を信じて軍隊に入った青年の戦中戦後を描き、天皇制をテーマに据えた、半ば私小説ふうの作品。私の最初の長篇小説だが、「柿見」という主人公の名前は六、七年前から決まっていた。

当初は短篇の長さであったものがどんどん発展し、膨らんでいき、幾度となく大幅な書き直しをしていたので、ある日、机上の原稿用紙をちらっと見た容子が、

「あら、また柿見さんとつき合ってるの？」

目で笑っていた。

こちらも、

「そうさ、お前より旧《ふる》いつき合いだからな」

そんな減らず口を叩《たた》きながら机に向かった。柿見と対話するのに疲れると、茅ヶ崎の海で泳いだ。同じ日課を繰り返すうちに、春は終り、夏も過ぎていた。秋の海の、最初は反発しながら、徐々にこちらに親しんで、やがては媚《こ》びてくるような、不思議な温かみが気持よかった。

濡《ぬ》れた体で家に戻ると、容子が食事の仕度をしておいてくれ、今日は息子が畠《はたけ》でネギを引き抜いてお百姓さんに叱《しか》られたとか、ニワトリに追いかけられてほうほうの態《てい》で逃げ帰ってきたなどと、報告を受ける。そしてまた、原稿を広げて、柿見との対話をゆっくり続ける。

こんな生活をしたかったのだ。私は、自分が充《み》たされているのを感じた。無名になりたくて引っ越してきたのだから、忙しくなったり気軽に東京に呼び出されたりするのを避けるために、電話を急いで引くこともしなかった。

おかげで、『総会屋錦城』で直木賞を受賞したという第一報は、ある新聞社がわが家の近所の八百屋さんの電話番号を調べ、そこを経由して報された。続いて、文藝春秋社からの正式な通知が、やはり八百屋さん経由で。その夜はそれきりであり、編集者や記者がくることもなく、静かなものであった。容子と祝杯をあげたかどうかの記憶もない。おぼえているのは、「文學界新人賞の時、そうだったから」という容子の縁起かつぎで、その夜は早くから風呂《ふろ》をたいてくれたこと。

次の日になって、別の新聞社の藤沢支局の記者が、「ゆうべも探したのですが、このへんは暗いし、辿りつけませんでしたよ」とぼやきながら現れて、

「こんな細い道の奥でしたか」

静かに、マイペースで書き続けていくのに、やはり茅ヶ崎は向いている。人づき合いの苦手な私は、文壇づき合いに気をつかったりせず、東京から少し離れたこの土地で、「継続は力なり」と、自分の小説を書き続ければいい。当て

込みや変なアピールなど不要、焦《あせ》らず、コツコツと書いていこう。それで認められなければ、自分の力不足ということ。改めて、自分にそう言い聞かせた。

イタリアの経済学者パレートが好んだ、

「静かに行く者は健やかに行く　健やかに行く者は遠くまで行く」

という箴言《しんげん》を、何度も口ずさみながら。

直木賞受賞の年には次女も生まれ、その翌年には借家が売れたせいで立ち退きを迫られて、急遽《きゅうきょ》、近くに自分の家を建てることになるなど、私にとっても容子にとっても、茅ヶ崎での生活は、一家でじっくり根を下ろす感じになっていった。

10

まだ長男が小学校に上がるか上がらぬ頃。

思いがけず中国からの招待があった。木下順二さんを団長に、二人の女流作家が同行するが、私も日本作家代表団に加わらないか、と。周恩来総理をはじめ各界のリーダーたちと会うことができるという。

夏休み中の旅程であり、新中国を見られるという好奇心から私は飛びついたが、今度は大学の事務局長から呼び出しが来た。

「国家公務員は、国交未回復の国へ行ってはならぬ」というのが規則。ところが香港《ホンコン》経由という便法があり、当時、訪中者の多くは、それを利用していた。

私も香港ルート利用で行くつもりでいたが、ちょうど当のルートがマスコミなどで問題になっており、中国行きへの警告か、中止勧告かと身構えたが、局長は言った。

「先生にとっては、貴重な勉強にもなる旅でしょう。こういう機会はまたとないものです。私が責任をとりますから、気にしないで出かけて下さい」

立派な局長だと、私は感激した。

ただし、それだけに、その局長に迷惑をかけたくない。それに気になっていた教師と文士の二足草鞋《わらじ》をそろそろ整理するいい機会ではないか、と肚《はら》を固めた。

こうして私は慌《あわただ》しく辞表を出し、夏七月、時ならぬ退職をして、中国へ向かった。かつて、初対面の容子に宣言した「筆一本」の生活にようやく入ったことになる。

中国には、行ってよかった。木下さんが団長というおかげもあって、一夜は周恩来総理が、次の夜は陳毅《ちんき》副総理が歓待してくれた。

周総理は、「アー」という間投詞を口癖のように挟みながら、太い眉《まゆ》を動かし、膝《ひざ》を貧乏ゆすりさせながら喋《しゃべ》る魅力的な語り手であり、木下さんと芝居談義を始めると、大国の老宰相というより、根っからの芝居好きという感じ。日本人や日本文化に通じており、日本への留学時代の思い出など話していても、人間観察にすぐれているし、言葉の端からふと暖かな人柄がつたわってくる優しく温厚な紳士であった。

場所は天安門前広場に面した人民大会堂内に在る和風賓館《ひんかん》。

その名の通り、日本風の畳敷きの部屋だが、国交が無いため、畳も中国製。歩くと、ふかふかし、宙に泳ぐ感じのする館というか、部屋であった。

料理と酒が出たが、何が出、どんな味であったのか。

おぼえているのは、

「私は医者にストップをかけられているので……」

という嘘《うそ》の言い訳をしたこと。

中国の宴席らしく、度数の強い茅台酒《マオタイしゅ》で乾杯しては、完全に飲み干しましたよと盃《さかずき》の底を見せ合う。当時の上海市長など「四人組」と呼ばれた若手リーダーたちもいたのに、彼らも入っての献杯、返杯が延々と続く。

失礼かもしれぬが、私は嘘も方便と、「乾杯！」「乾杯！」の応酬から逃げたが、木下さんは私の分も、と思われたか、すべてを受けて立って、ついには音を立てて倒れてしまい、思い出しても申訳なさでいっぱいになる。

もっとも翌日には元気を回復した木下さんは、私を連れて北京の庶民的な町へ。好奇心旺盛《おうせい》な木下さんは公式の案内だけでは物足りず、突然、「城山さん、映画を観《み》よう」と、私たちに付いた通訳や警備の人に無理を言って、身のこなしも素早く映画館に入った。場内は満員だったが、映画には日本軍の乱暴なども出てきて、通訳の人がたじろいだり、こちらも居たたまれなくなったり。

ちなみに毛沢東主席は、「揚子江に泳ぎに行って、残念ながら留守」とのこと。あの大河で泳ぐことは中国という大国と親しく馴染《なじ》むことと同義のような気がして、毛主席にも好感を抱いたし、泳ぎ好きの私は「次はぜひご一緒に」と言いそうになった。

身軽というか、「筆一本」になった記念の旅みたいなものであったが、いまも深く印象に残る。

II

夜半、人の気配に目覚めると、すぐ横に容子の笑顔があった。

「私のこと、書いて下さるって？　嬉《うれ》しいわ。でも恥ずかしい」

「うん、だけど最後まで書けるか、どうか……」

つぶやいているうち、容子の顔は消えた。

何かテーマに集中していると、脱稿するまでに、登場人物たちが幾度か夢に出てくる。「夢枕《ゆめまくら》に立つ」という古来の表現そのままに。夢に出てきてくれれば、その作品は書き上げることができる、というジンクスまがいのことまで私は思うようになった。

『彼も人の子　ナポレオン』を書いている時はナポレオンが出てきたし、『落日燃ゆ』の時なら広田弘毅《こうき》が、という具合。『指揮官たちの特攻』の時は、自分が中津留達雄《なかつるたつお》大尉か関行男《せきゆきお》大尉になっているのか、あるいは戦時中の私と年の変わらぬ少年兵になったのか、何度も特攻機に乗って敵艦めがけて突っ込んで行く夢を見て、その度に大量の冷汗をかき、叫ぶような思いで目覚めたものであった。

そして、容子も夢に出てきた。

しかし彼女の場合は、他の人たちと違って、書き上げないと、化けて出て来そうな気もする。

もともと私は慌《あわ》て者というか、すでに何度も書いたように、せっかちな人間だが、それでいて、腰を上げるまでには、時間がかかる。人見知りをするし、出不精なせいもある。

このため、容子で代行できることがあれば、まず容子にやらせた。つまり、彼女は私のパイロット・フィッシュ役。

近くに空手道場が出来たと知ると、早速、容子を見学に行かせた。

男ばかり、若い男の汗の匂《にお》う道場へ、まだ三十代半ばにもならぬ容子が、どんな風に入って行ったかは知らない。

「若い人たちばかり。何か体操でもしているみたい。先生も若いけど、おだやかな感じの人」

というのが、容子の報告であった。

そこで私は腰を上げたのだが、「体操みたい」なのは、肩ならしのような準備体操的な部分で、ほとんどが自由組手。つまり試合であり、「蹴《け》りも突きも紙一重のところで止める」というのが規則だが、お互い「勝とう」という一念を持っている以上、紙一重で止まるわけがなく、とくに足技は止めようがなく、思い切り蹴られたりして、稽古着には、ほとんど毎夜のように血がにじんだ。

私はそのパイロット・フィッシュを、「武」だけでなく、「文」にも放った。『彼も人の子　ナポレオン』を次作と決め、ナポレオン関係の本や資料を集めていた時期であったが、偶々、新聞社のカルチュア・スクールの一つで、ナポレオンについての連続講義があるのを知り、テーマも面白そうだし、講師の大学教授も信頼できそうな人物。取材は誰の手も借りずにすべて自分でやらないと気が済まないものだが、私がその講義に出るのはスケジュールが合わず、どうしても無理だと分かった。そこで、わが家のパイロット・フィッシュをそちらにも放すことに。

取材を手伝ってもらったのは後にも先にもたった一度、この時だけ。学問好きとはいえぬ容子は、行き渋ったが、毎週一日はいわば「公用」として東京へ出かけられるというので、とうとう引き受けたものの、毎回、眠気との格闘であったらしい。

毎回、頑張ってノートを取っては、帰ってきて、報告がわりに見せるのだが、

ノートの隅には、言い訳か、自分を鼓舞するためか、

「おくれました　仕方ないです　忙しかったので」

「眠い　近くのオヂサンも机に頭をブッケた　イタ…　さあまじめにやろう！

次のページより」なんて走り書きも。

しかし教授の喋ることを漏らさず書きとろうと、必死にペンを走らせた跡は明らかで、その内容は期待に違《たが》わず興味深く、作品を書く時に大いに役にたった。

ノートには私がメモをして返し、翌週にはまた容子がその日の授業の成果を見せてくれる。ちょっと変わった交換日記のようになった。

12

「夫婦」と書けば、親しげな顔して付いてくる言葉が「喧嘩《けんか》」。ところが、幸か不幸か、いや、もちろん「幸」だが、喧嘩らしい喧嘩をした覚えがない。

理由は幾つかある。

ある時期から、私は駅前のマンションに仕事場を持ち、朝早くから、そちらに出て、再び夫婦が顔を合わせるのは、夕食時。ちょうど子供たちが独立した頃であり、夕食は夫婦二人きり、駅かいわいのレストランや居酒屋で待ち合わせ、ワインや焼酎のお湯割りなど飲みながら済ませてしまうことも珍しくなくなった。

その日一日の電話のメモや、仕分けした郵便物の中の急ぎの物などを持ってきてくれる。このため、帰宅して改めて喧嘩するような種子はなくなっている。

ただ一夜、おそく帰宅した際、彼女に悲鳴を上げさせた事がある。

その日は、東京に出た際、何かついでがあって秋葉原あたりの商店街にまわり、ふと興がって、「七つボタンは桜に錨《いかり》」の軍歌で馴染まれた旧海軍予科練の制服を買った。私は茅ヶ崎駅からのタクシーの座席で、すばやく、それに着替えた。

玄関のチャイムを鳴らし、いつものように、

「おい、おれだ」

「はぁーい」

と応《こた》えてドアが開いたが、悲鳴と共に、音高く、また閉ざしてしまった。真白の服を着た怪しい男——私は礼儀正しく敬礼までしていたのだが——に踏み

こまれそうになったというわけ。

かなり寒い時期だったので、こちらもあわてて、「おい、おれだ、おれだ」を連発。

ようやく、ドアのチェーンをかけたまま、彼女は私を再確認。

双方が「ごめん」「ごめん」。

そうした日々が続く中では、喧嘩の起きようも、起こしようもなかった。

世間には、口論より早く手が出る喧嘩もある。私の場合、空手のある流派が三段を贈ってくれたが、それでは満足できず、試合を重ねた挙句、実力で黒帯に。

となると、喧嘩で拳《こぶし》を使えば、「兇器《きょうき》使用」という。このこともまた、どこかでブレーキになっていた。

よく一緒に旅に出たが、旅先での喧嘩も皆無と言ってよかった。

というのも、旅先での夫婦の行動範囲が全くと言ってよいほど違っていた。

取材などがあって、私が「旅に出るが、来るか」と問うと、いつだってすぐに容子は「行きます」。それはいいのだが、しかし行く先の国や土地について、彼女が何か口にした記憶がほとんどない。

「旅が好きっていうけど、どこにでも行きたい、というのは旅好きでも何でもないんじゃないか」

いつか、そう訊いたら、

「だって、家事しなくていいんですもの」

という一種の名言。

「家事しなくて済む」から旅に出た容子は、名所・旧跡など眼中に無く、お値打ちな土産物買いに廻る。

私は私で、興味を持った旧蹟《きゅうせき》や名所を一つ二つ見れば沢山。後は、ホテルで土地の新聞雑誌を読んだり、ビールやワインを飲む。

何のための夫婦旅と言われそうだが、三食はいつも一緒というだけでも満足。

もっとも、容子の買物は、町なかに限らない。海外での列車旅でも、車内販売員から買うだけでなく、ホームでの停車時間が長そうだと知ると、駅ホームの売店でも。

「寸暇を惜しむ」という買物ぶりだが、「この国の小銭を残しておいては、もったいない」という大義名分があり、小銭入れを持って、ホームの売店へ走る。

おかげで、こちらが思わぬ巻き添えを喰った。

国際列車がスイスからイタリアへ入る時も、いつもの手で、「残っているスイスの小銭を活《い》かさなくては」と言いながら、容子は小財布を持って、ホームの売店へ。ふだん気にしている体重のことなどとは無縁に、軽やかに走って行った。

ところが、その数分後、国境警察が巡回してきて、私の脇《わき》に置いてあった彼女のハンドバッグを見咎《みとが》めた。

私が事情を説明しても、聞く耳を持たず、

「それなら、中にいくら入っているのか」

妙な尋問だがと、私は首をかしげながら、

「そんなこと知るわけがない」

とたんに警官はホイッスルのような物を鳴らし、いま一人、警官が走ってきた。

いわく、「妻がハンドバッグに、どれほど金を持っているか知らぬのは、夫ではない」と。

レディ・ファーストと称しながら、実はそこまで細君を管理。名を棄て実を取っているのが、欧米の夫婦というものなのか。さらに首をかしげる私に、警官たちは手錠をかけようとする成り行き。

弁明どころか、説明するのも腹立たしい。そう思っているところへ、容子がのんびり戻ってきた。ビスケットの袋のような物を手にして。

「わかった」とか「ごめんよ」などという類いの言葉ひとつなく、警官たちは立ち去った。
礼儀知らずか、人種差別か。
私ひとりがカッカしている中で、列車は国境の駅を後にして行った。

13

二人でオーロラを見に出かけたことも。

以前から一度はオーロラをわが目で見てみたかった。アラスカのフェアバンクスに行けば、年間二百五十日もオーロラが出ているというので、一週間も滞在すれば大丈夫だろうと旅程を組んだ。

たしかにオーロラは出ていた。その証拠というか、オーロラの磁気がグラフに記録されていくのも見た。しかし、オーロラそのものは目には見えなかった。愉《たの》しみにしていた夜になっても、あたりは明るいまま。夏のことで、アラスカは白夜であった。これでは見えるわけがない。私は呆然《ぼうぜん》とした。

現地の人が気の毒そうに、

「冬に来れば確実に見られます。きれいですよ」

しかし、私は寒さに弱いから、この時期に来たので、ついに生涯オーロラと縁はないのか、と諦《あきら》めざるをえない。

それにしても、いくら理科系に弱いとはいえ、闇《やみ》になる時間がほとんどない白夜の季節に、はるばるオーロラを見るためアラスカに来るなんて——。

時間も費用も、大きな無駄。容子自身、理科系に弱かったにせよ、「全く、あなたという人は！」と、呆《あき》れられたり、愚痴を言われておかしくないところだが、その種の反応は皆無で、

「あら、そうだったの。残念ね」

と言っただけ。

あまりに呆気《あっけ》ない反応に、こちらが拍子抜けした形であった。

もっとも、天はこのときの償いを思いがけぬ形でしてくれた。

それから二、三年後、家内とともに夜行便でヨーロッパへ。

夜がふけると、機内のライトは弱まり、乗客は、眠りの中へ。

その中で、私だけが読書灯をつけ、本を読んでいた。

読書灯は隣席とのちょうど中間の天井にあり、ふつうなら隣席の客に遠慮して、灯しにくいものだが、隣席が容子だから、できること。

「本を読むのは、あなたの仕事」と、彼女は眠りこんでいる。

そして、どれほどの時間が経《た》ったであろうか。足音をしのばせるように、スチュワーデスが巡回してきて、小声で教えてくれた。

「お客さま。窓の下にオーロラが出ています」

窓のシェードを開けた私は、慌てて容子を起こした。読書灯も消し、夫婦で顔をぶつけんばかりにして、下を見た。

二人とも、声が出なかった。

この世の物とは思えぬほど、美しく巨大な光の舞い。

色と輝きを刻々変えながら、空いっぱいにのびやかに、光の幕はゆれ動き、舞い続ける。それも、ふと伸ばした手が届いてしまうような距離で。

まるで私たち夫婦のためにのみ、天が演じてくれている。

私たちは手を握り合い、夫婦で旅してよかったと、あらためて胸を熱くした。

14

ナポレオンの行動半径は大きく、全ヨーロッパに及ぶというより、ヨーロッパをはみ出している。

それも魅力であったのだが、いざ取材となると、たいへん。幾度かヨーロッパ内外へ旅することになり、いつもはこちらが声をかけるまで留守を守っていた容子を、しばしば伴うことになった。

家内が旅のお荷物どころか、行く先々での荷物の整理や手続きなどで、秘書がわりに必要な年齢にもなっていた。

そして、そのおかげで、思わぬ副産物もあった。

たとえば、チューリッヒ行きでは、ＯＢサミットに出席するという福田赳夫《たけお》元総理夫妻と同じ便。

元総理とは旧知の間柄であり、福田さんが大蔵省に入省したての頃、私が『男子の本懐』で描いた大蔵大臣・日銀総裁の井上準之助《じゅんのすけ》と役所ですれ違い、その颯爽《さっそう》とした姿に非常に強い印象を受けたと、懐《なつ》かしげに語ってくれたこともあった。

機中で福田さんがやってきて、

「おいしいものをあげる」

そう言って私の掌《てのひら》にのせたものを見ると、森永のミルクキャラメル。小さくて軽くて安くて、そのくせ海外で在留邦人に配ると懐かしがって、みんな喜ぶんだよ、と福田さんは笑顔で言った。こういう考え方というか工夫は、ＯＢとは言え、政治家だなあと私は面白がった。

途中、給油のためモスクワに着陸、誘われるままＶＩＰ控室で一服したのだが、女性同士の話から、思わぬエピソードも容子経由で耳にした。

たとえば、福田さんがそば好きというので、海外なのに、行く先々でそばが用意され、一週間の旅で十三回もそばを食べることになったとか、愛妻家の福田さんらしく、

「今度も、おかあさん、一緒に行こうよ、行こうよ」

とのことで同行したものの、

「とにかく、せっかちで、どんどん先へ歩いて行って、街角で、『おそいよ、おそいよ』と踊っていますの。だから、本当はあまり一緒に旅したくないの」

などと苦笑して話す気さくな夫人であった、と。


このときの私の旅は、当時とりかかっていたナポレオン関係の取材のためであったが、コルシカから脱出したナポレオンは、イタリアの山峡の細道を北へ縦走してフランスへ向かっており、そのルートを私なりに追ってみようとした

もので、より詳しい資料や言い伝えなど求め、道中に在る役場に立ち寄りもした。

私のそうした取材の時間、乗ってきたタクシーを待たせ、容子はそのあたりの数戸の商家の店先を覗《のぞ》いていた。

そこへパトカーが通りかかり、駐車違反とのことで、タクシーに戻ったところの容子を取り調べ。

ところが、私を見送ろうと出てきた役場の男女たちが、威丈高になっている警官に食ってかかった。

日本からはるばる訪れてくれた客人に何ということか――とでも言ったらしく、警官は、がらりと態度を変えた。

わかりにくいルートだから、案内しようと、タクシーを先導する形で走り出し、そのおかげで、草深くて見落とし兼ねなかった隠れ道というか旧道を知ることができた。女房を伴なっていなければ、あれほどうまく事が運んだか、どうか。

欧米はどこも女性に甘い。古女房は、茶飲み友達ならぬ代え難い旅友達でもあった。

15

その頃のどこかで、私が書いた詩一篇。

妻

夜ふけ　目ざめると
枕《まくら》もとで何かが動いている
小さく咳くような音を立てて

何者かと思えば
目覚まし時計の秒針
律儀《りちぎ》に飽きることなく動く
その律儀さが　不気味である
寝返りを打つと　音は消えた
しばらくして　おだやかな寝息が
聞える
小さく透明な波が
寄せては引く音
これも律儀だが　冷たくも
不気味でもない

起きてる間は　いろいろあるが
眠れば　時計より静か

「おい」と声をかけようとして　やめる
五十億の中で　ただ一人「おい」と呼べるおまえ
律儀に寝息を続けてくれなくては困る

愛

深夜
おまえの寝息を聞いていると
宇宙創造以来の歴史が
ふとんを着て
そこに居る気がする

生きていることの
奇怪さ
美しさ
あわれさ

おまえの寝息がやむと
大地に穴があいたように
寒くなる

さて
おまえの乳房をつかんで眠れば
地球ははじまり
地球はおわり

16

結婚以来、小食な私より食べている様子さえあるのに、容子は一度もお腹《なか》をこわしたことがなく、私とは別世界の人間のよう。

それがある時、旅先の神戸で、オードブルに出たシュリンプか何かが良くなかったらしく、二人揃《そろ》ってホテルのベッドで「痛い、痛い」とお腹を抱えるはめに。

私は痛みをこらえ、お腹をさすりながら、同じようにして苦しんでいる容子を見ているうちに、思わずにやにやしそうになった。

「あの、『お腹が痛くなったこともない』と自慢していた妻が、いま、おれと同じ症状になっている！」

そう思うと、気の毒というより、こうして一緒に老いていくのだという感慨もおぼえ、また、おかしくもあった。彼女とは戦友なんだ、という思いも湧《わ》いた。

翌日、ろくろく食事もとらずに帰宅すると、ふらふらの私を尻目《しりめ》に、容子はまず浴室の体重計に飛び乗って、

「二キロも減ってないわ。もっと減ったと思ったのに」

と、つぶやいた。

同じ頃、わが家の子供たちは結婚して独立し、夫婦だけの生活が始まっていた。

結婚して三十年ほどが経《た》って、また二人きりになった。正確には、二人暮らしは初めてであった。

親の責任を果たした解放感もあれば、子育てが終わった空《むな》しさもあり、家の

広さにどこか落ち着かない感じもする。体の重心を失いかねない心持がした。

桜の季節、同じような思いの容子が弁当を作り、私は洋酒の小瓶をポケットに入れて、二人でローカル線に乗って多摩動物公園へ出かけた。例によって、動物好きな私は、青空の下で動物を眺めながら、酒でも呑《の》んで気晴らしをするつもりで。

車中で酒をゆっくり嗜《たしな》み、容子と並んで車窓からぼんやり桜を眺めていると、ふと心が空っぽになり、それまでの落ち着かぬ感じが消えて、静かで穏やかな気分になっていくのを自覚した。

人生の一区切りがあって、夫婦二人になるという気分は、良くも悪くも、独特なもの。しかし、いつか二人きりでいることにも慣れてしまえるが、やがて永遠の別れがやってくる。

容子の死の翌年、私は『指揮官たちの特攻――幸福は花びらのごとく』を書いた。書き終えたとき、これが私の最後の小説になってもいいと思ったし、現にそうなりそうな気配である。

この作品は、容子の死のおかげで、テーマが変わったというか、書き上げることができた。

最初は水上機特攻を取り上げるつもりで準備をし、取材を進めていた。フロートのついた、スピードも遅い水上機で敵艦めがけて特攻していく。ほとんど滑稽《こっけい》なほどの悲惨ではないか。水上機特攻で散った予科練出とか兵学校出とか、何人かの若者を主人公に、と考えていた。

執筆のためには、何よりもまず、水上機に乗ってみないといけない。水上機からはどんなふうに海が見えるのだろう。

ところが容子が心配性で、約束させられた。

「取材で必要なのは分かりましたけど、そんな小さな飛行機、乗るのは一度だけにして」

私の人生の悔いは、海外で住まなかったことと、操縦免許を取らなかったこと。

カナダ移住を真剣に考えたこともあったし、オーストラリアの大学から二年間教えてみないかと招聘《しょうへい》されたこともあったが、カナダ大使からお国の冬の寒さを諄々《じゅんじゅん》と説かれ、オーストラリア駐在歴のある親友からは「あんなのんびりしたところに二年も住むと、おまえのようなテーマで書いている作家は必ず使いものにならなくなる」と予言されて、考えに考えた末に取りやめ。

操縦免許のほうは、容子が反対した。中学時代は滑空部に所属して、グライダーをあやつるなど、もともと乗り物好きな私は、小型飛行機を自分で操縦して、大空を飛んでみたかった。誘ってくれる人もあり、免許を取る話はすぐ実現しそうであった。しかし、容子の兄が中日新聞の航空部勤めで、毎日が雲の上。それだけでも心配でたまらないのに、この上、あなたにまで空を飛ばれたら、生きた心地がしない、と。容子にかつてないほど大反対されて、免許も取りやめに。

それから何年も経って。

『指揮官たちの特攻――幸福は花びらのごとく』の取材で、容子とカナダのヴァンクーヴァーへ行き、そこで私は水上機に乗った。その数ヶ月後、容子は亡《な》くなった。

約束は、約束した相手が亡くなれば、まあ無効。

私はハワイで、もう一度、水上機に乗り、こっそり操縦桿《かん》を握らせてもらった。飛行機操縦の夢も果たせたわけである。

帰国して、登場人物について、あれこれ思いをめぐらせていたとき、容子が死んでみて分かったことだが、死んだ人もたいへんだけど、残された人もたいへんなんじゃないか、という考えが浮かんだ。理不尽な死であればあるほど、遺族の悲しみは消えないし、後遺症も残る。そんなところから、少しの時間でも結婚生活を送って、愛し合った記憶を持つ夫婦を描けないかと思った。夫婦だけでなく、親子だってそうだ。先に子供に死なれたら、その痛みや喪失感がなくなることなどないのでは――。

特攻隊員の親や妻子にとって、戦後は一種の長く、せつない余生であったのではないだろうか。特攻隊員たちは、サブタイトルにもしたが、花びらのような淡く、はかないものにせよ、幸福な時間を持って、死んでいった。残されたほうは、特攻機が飛び立った後、ただひたすら長い、せつない、むなしい時間を生きなければいけなかった。これは、どちらが、より不幸なのだろうか。

そうして、主人公として、関行男《せきゆきお》と中津留達雄《なかつるたつお》の二人が浮かび上がってきた。かたや特攻第一号、かたや玉音放送の後に飛び立った最後の特攻隊。それぞれ新婚の妻を残し、しかも兵学校同期でありながら、育ちも性格も、担《にな》った歴史的役割も対照的。また、二人の親は、いずれもつらい戦後を送ることになる。

彼らを書こう、と決めた。

最初の構想とは違ったものになったが、この形で書き終えられたのは、容子のおかげであった。

17

容子の欠点らしい欠点と言えば、ときどき約束の時刻に遅れること。私たちの住む茅ヶ崎から西へ一駅の平塚。その平塚に、おいしいフランス料理店があって、よく出かけたが、そこでも容子は毎度のように遅刻。「眼の前で」が、挨拶《あいさつ》代わりというか、決まり文句で、「眼の前で電車のドアが閉まったの」「眼の前で最後のタクシーに乗られちゃって」などなど。

ところが、ある日、私が時間ぎりぎりに着くと、珍らしく容子が先着していて、嬉《うれ》しそうに、

「あら、今日はあなたが……」

レストランのマダムに、

「ねえ、私はもう二十分前に来て、待ってたのよね」

マダムも、大きくうなずく。

約束時間を守ったというだけのことで、それが二十分前であろうとなかろうと、これまでの償いになることではないのにと、苦笑していると、容子が化粧室へ立った隙《すき》に、マダムが真相を教えてくれた。指を口に当てながら。

「ほんとは、二、三分前に、奥様着かれたところなの。『黙っていて』と、それはもう嬉しそうに……」

約束こそ守ったが、相変らずの性格だなあと、私はますます苦笑を深めるばかり。

ところが、それから一、二年後、昼食時に、茅ヶ崎市内の行きつけのそば屋で落ち合うはずだったのに、彼女が現われたのは、約束より半時間ほど後。

五分や十分待たされても驚かないが、彼女なりに努めていたのであろう、遅刻することがほとんどなくなっていたのに、大幅な遅刻。

そば屋は客の回転が速い。私ひとり粘っている形で、居心地が悪かった。

ようやく「ごめんなさい」を連発しながら走りこんできた彼女は、それまで見たことのない蒼白《そうはく》な顔つき。

「すぐ近くで、前の車に接触したの。私はきちんとブレーキを踏んだのに……」

いずれにせよ、警官が来ての現場検証などで、時間が流れた。

「ちゃんとブレーキ踏んだのに」

いかにも心外といったふうに、またつぶやく。

容子は運転が好きで、この辺りの道は走り馴《な》れており、大事故を起こして二度と車に乗らなくなった私と違って、接触事故などもなく来ていた。それなのに、どうして――といった表情。

幸い怪我《けが》人が出たわけでなく、相手の車の修理費など払うということだけなので、「その程度でよかった」と慰めたが、彼女は「ごめんなさい」を繰り返しながらも、まだ合点が行かぬといった様子でいる。

「歳《とし》だもの、そういうことも起るさ、それより、注文を」

「歳と言ったって……」

よほど心外なのか、動顚《どうてん》しているのか、まだ、こだわっている。私はとり合わず、

「とにかく、早くそばを」

叱《しか》るように言った。

けれど容子は、納得がいかないような、曖昧《あいまい》な顔のまま。

それもその筈《はず》、後になってわかったのだが、この頃すでに癌《がん》細胞が血液の中に入りこんでいての悪戯《いたずら》――頭脳の機能を阻害したための事故であった。

このときそれがわかっていれば……と、後々まで、悔やむことになった。

18

私の父も、容子の父も、酒好きであった。

それで気が合ったかといえば、話は別。

はじめて父親二人だけで呑んだ夜があったが、楽しかったか、どんな話が出たか、など一切語らなかった。

調子に乗って呑みすぎ、互いに言いたい放題になり、酒で拍車がかかって、傷つけ合う結果になったのか、逆に互いに遠慮があって、気まずく、いつもうまい酒もまずかったのか。

どちらの親も一言も口にせず、二人だけの痛飲は、一夜限りの出来事で終わった。

この時代、酒呑みの行末は、癌か、脳卒中とされていた。

私の父は、後者。朝は、ウィスキー入りのコーヒーとも呼びにくい、コーヒーを浮かせたウィスキーで始まる。本番というか、昼と夜は日本酒。

身内や医者はもちろん、来客からも警告続出で、先行きの酒の入手に不安を感じたのか、折あらば家人の目を盗んで、酒屋へ寄っては買い出し、買い溜《だ》め。

両手に酒壜《びん》を提げて帰ってくるところを、近所の人に見つかったが、

「こういうものを両手にぶら下げた方が、バランスがとれるもんでなも」

見咎《みとが》められる前に、素早く自己弁護。

このため、父親専用の掘炬燵《ほりごたつ》はいつも十本を越す伏見の一升壜で囲まれていた。

そのせいというか、おかげというか、父は元気なままで、ある朝、不意に昇天していた。甥《おい》によれば、亡くなる二日前まで酒屋に買い出しに行っていた由《よし》。

一方、容子の父親は、同じ酒呑み同士なのに、肝臓癌に。大柄の体が削ぎ取られるように小さくなり、容子の兄に背負われ、犬山城の花見に行ったのが、最後になった。

癌はいずれにせよ、早期発見が肝要にちがいない。

偶々《たまたま》、茅ヶ崎の駅前ビルに、東京の有名病院の内科医が独立して開業したので、容子は血圧が高めでもあるし、早速、月二回の検診を受けることにした。

ところが、この医師のいた大病院では趣味人というか、筆の立つことでも有名な医師が何人も輩出しており、この医師もまた風流人。それ故《ゆえ》かどうか、名医という評判ながら、どこか患者を見下すようなところがあった。

そして、ある日、処方箋《せん》にそれまでに比べて記載漏れかと思われる箇所があり、不要かどうか医師にたしかめてくれと、薬局で言われ、医院に引き返して、そのことを訊《き》くと、とたんに医師は大声を張り上げ、

「医者に教える気か！」

と、怒鳴りつけた。

その後になって、この医師に検査を受けた折、

「あんたの肝臓はフォアグラだな、アハハ」

と笑われたが、ただそれだけで説明がなく、といって訊くなり、問い返すなりすることも、怒鳴られたことを思い出すと、こわくてできない。

私がこのやり取りを知ったときは、もう後の祭りであった。

「フォアグラ」というのは、つまり、すでに肝硬変が進んでいたのではないか。その段階で、きちんと検診し、本人にも自覚させ、本格的な治療を受けていれば――。

何故《なぜ》もっとはっきり病状を伝えなかったか、何故悪い肝臓を放置したか、その医師にはいまも恨みが残る。容子は、定期的に検診を受けているので、まさか重い病気が進行しているなどとは思いもせず、同じ病院に通い続けた。

私も容子も病状を把握せぬまま、先に記した『指揮官たちの特攻』の取材のために、ヴァンクーヴァーへ。一九九九年の八月のこと。買い物となると駆け出すような彼女が、少し歩いただけで「疲れた」とベンチにへたり込む。帰国しても、「ぐうたらばあさんで、ごめんね」と幾度も謝りながらソファで横になる。いつもの容子ではなかった。

「歳だから」

「夏だから」

などと慰めにもならぬ言葉を二人で言い合った。

ところが、娘が母親の様子を見にきて、「お母さんは、女子高生を追い抜いたって言われるくらい早足だったのに、足取りが重いし、歩き方もおかしい。いままでが元気過ぎたのかもしれないけれど」と詳しい検診を勧めた。

駅前ビルの医師は諦《あきら》め、それ以前からかかっていた、親切で温和な町医の許《もと》へ。

そこで容子は診察されるなり、それまでになく暗い、きびしい表情で、最新の検診設備などが完備している徳洲会病院で、一刻も早く精密検診を受けるよう、忠告というか、警告された、という。

そして、その日、いつものように駅前のマンションにある仕事場へ出た私は、徳洲会病院にも近いことから、そこで、彼女の帰りを待つことになった。

ほぼ一日たっぷりかけての検査。

七、八分は癌と、覚悟する他はなかった。それを彼女の口から告げられたとき、私は何と応じればよいのか。

慰めようもない。せいぜい、「医学は進んでいるから、心配することはないよ」くらいしか言えない。いや、悲痛な彼女を眼前にして、それさえ口にできぬ気がする。

では、何と言って……。

机に坐《すわ》り、原稿用紙に向かいながらも、落ち着かぬ何とも言えぬ、いやな気分であった。

他人については描写したことがあっても、私自身には、何の心用意もできて居らず、ただ緊張するばかりであった。

長い時間、あれこれと悩んだだけで、何の答えも出せずにいると、私の部屋に通じるエレベーターの音がし、聞きなれた彼女の靴音が。

緊張し、拳《こぶし》を握りしめるような思いでいる私の耳に、しかし、彼女の唄声《うたごえ》が聞こえてきた。

こちらがこんなに心配しているというのに、鼻唄うたって来るなんて、何というのんきな――と、私は呆《あき》れ、また腹も立ったが、高らかといっていいその唄声がはっきり耳に届いたとき、苦笑とともに、私の緊張は肩すかしを食わされた。

私なども知っているポピュラーなメロディに自分の歌詞を乗せて、容子は唄っていた。

「ガン、ガン、ガンちゃん　ガンたららら……」

癌が呆れるような明るい唄声であった。

おかげで、私は何ひとつ問う必要もなく、

「おまえは……」

にが笑いして、重い空気は吹き飛ばされたが、私は言葉が出なかった。

かわりに両腕をひろげ、その中へ飛びこんできた容子を抱きしめた。

「大丈夫だ、大丈夫。おれがついてる」

何が大丈夫か、わからぬままに「大丈夫」を連発し、腕の中の容子の背を叩《たた》いた。

こうして、容子の、死へ向けての日々が始まった。

19

容子の希望を病院に伝え、手術はしない、抗癌剤も使わない、ただ「効きそうだ」と本人が望むワクチンやサプリメント類は用いる。入院もせず、定期的に通院して、注射などをするだけ。そう決まった。

慌《あわただ》しいような、虚《うつ》ろで、時間が止まったような十月、十一月が過ぎた。私と容子は、表面上、とりたてて何かを話すこともなかった。後で聞くと、九月末の段階で、鎌倉に住む娘と、ニューヨークから一時帰国した息子には、「三ヶ月もつか、どうか」と告知がなされていた。容子には、「癌だけど、治そうね」とだけしか言えていない。

十二月も半ばになって、容子が気にしたのは、体調や通院のせいで、毎年のお歳暮を手配していないこと。一家を差配する主婦らしい心配であった。

十五日、「そんな体調でわざわざ……今年は失礼させて貰《もら》ってもいいじゃない？」と反対する娘をお供に、東京日本橋のデパートまで出かけた。あれこれ手配して、「疲れたわ」と言いながらも満足そうに帰宅。これが自分の意志での最後の外出になった。

翌日夜、台所に立つ容子の様子が変で、声をかけた。

「どうした？」

「うーん、ちょっとトイレに行くわ」

トイレに入るなり大きな音。駆け寄ると、容子が意識を失って倒れていた。

急いで救急車を呼び、娘に連絡する。救急指定でもある徳洲会病院へ運ばれる。夜間受付には、医師や看護師、何人ものスタッフが待ちかまえていてくれ、運び込まれた容子を、文字通り走り回り、血眼になっての応急処置。ああ、これだけの人たちが一所懸命にやってくれているのだから、もし、今夜このまま、容子がもう助からなくても、やむを得ないんだ。一瞬のことであったが、私ははじめて、そんな覚悟をしていた。

応急処置が小休止して、医師から説明を受けた。癌の病勢と関係があるかないかは分からないが、おそらく脳血栓、しかも心肺停止の状態だという。

その夜、容子の意識は戻らなかった。いや、医師によると、九割がたは心肺停止状態のままだろう、と。奇跡的に心臓が動きはじめても、意識は戻らず、植物状態になる可能性が高い——とも。

十七日は、NHKテレビの年末番組「総理と語る」のために、官邸で小渕《おぶち》恵三《けいぞう》総理と対談をする予定であった。東京に行って、収録をし、茅ヶ崎へ戻ってくるまでに、容子は死んでいるかもしれない。

いったん引き受けた仕事ではあるが、総理なんかと話している場合ではなかった。

すると、そんな私のスケジュールのことなど何も知らない筈の娘が、

「今日、『総理と語る』なんでしょう？」

と言う。一昨日、日本橋までの往復でいろいろ話すうちに、聞かされたことであるらしい。

「お母さんは、自分の病気が篤《あつ》くなったとき、お父さんがきちんと仕事できるかどうか、気にしていたんだから。十七日には『総理と語る』があることも言っていたわ。こんなに急に穴を開けると、テレビ局の人たちも困るでしょう？お母さんのためにも、ちゃんと行ってきて下さい」

たしかに容子ならそう言うだろうし、そう望むだろう。そして、いまばかりは私の我を通すより、容子の望むように行動してやりたい。

これでお別れだ、と思って、東京へ出かけた。もっとも、対談番組にもかかわらず、私は終始むっつりとして、総理とはほとんど口をきかないままであった。

二日後、容子の意識が奇跡的に回復した。目を開いた容子は、自分の顔を覗《のぞ》き込んでいるのが娘だと確認すると、何よりもまず、こう訊いた。

「パパ、行った？」

すぐに、「総理と語る」のことだ、と察した娘は、

「行ったわ、きちんとスーツも着て」

そう応《こた》えると、容子は心底ホッとした顔になった、という。

20

最愛の伴侶《はんりょ》の死を目前にして、そんな悲しみの極みに、残される者は何ができるのか。

私は容子の手を握って、その時が少しでも遅れるようにと、ただただ祈るばかりであった。

息子と娘に告知された余命三ヶ月を越して、容子は新年を迎えることができたが、状態の悪い日が多くなってきた。

私は一日に二度病院へ行き、一緒に夕食を食べた。食事を容子の口元まで運んであげ、他愛のないお喋《しゃべ》りをする。そして、こういう時間ができるだけ長く長く続くように、なにものかに祈る。そんなことしかできなかった。

二月に入ると、衰弱が目立つようになり、やがて起き上がれなくなって、モルヒネも使うようになった。ああ、もう別れるんだ、本当におしまいなんだ、と覚悟した。

二〇〇〇年二月二十四日、杉浦容子、永眠。享年《きょうねん》六十八。

あっという間の別れ、という感じが強い。

癌と分かってから四ヶ月、入院してから二ヶ月と少し。

四歳年上の夫としては、まさか容子が先に逝くなどとは、思いもしなかった。

もちろん、容子の死を受け入れるしかない、とは思うものの、彼女はもういないのかと、ときおり不思議な気分に襲われる。容子がいなくなってしまった状態に、私はうまく慣れることができない。ふと、容子に話しかけようとして、われに返り、「そうか、もう君はいないのか」と、なおも容子に話しかけようとする。

暗い灰色ばかりのカードを並べたような、最後の日々の中、一枚だけカラーの絵葉書が混ざり込んだ印象の一日がある。

ニューヨークから息子が帰ってきた。母の容態を心配して、というより、いざというときには間に合わぬ外国勤務。休みを取れるときに取って、最後に一目会っておこうとして。

為替の変動が激しかった日など、ディーラーの彼は、テレビの衛星中継に出て、解説をすることがある。「今度はいつ為替が変動するかしら、それを愉《たの》しみにしているから」などと、他愛のない、けれど大事な気もする会話。そして容子は実際、息子が次にテレビに出たのを病室で私と見て、「ああ、元気そうね」と喜んだ、まさにその日に息を引きとることになる。

息子は何日か病院に通いつめ、今日はニューヨークへ戻るという朝。きっと息子も、これが別れの挨拶《あいさつ》になると感じながら、孫の話などをし、やがて出発の時間に。

息子と、そこまで見送ろうとした私が病室を出ようとした瞬間、容子が明るい、大きな声で呼び止めた。

突然、容子がベッドに身を起したかと思うと、降りるというより、滑り落ちた。

何事かと驚くまでもなかった。

次の瞬間、容子は息子に向かって、直立して挙手の礼。

息子は驚きながらも、容子に向かい、直立して挙手の礼を返す。

私はひさしぶりに笑い声をあげた。もちろん、容子も息子も笑顔。

三人が笑っての最後の別れとなった。

小説家である私などでも、思っても見なかった明るい最期《さいご》。また、してやられた。悲しいけれど、また、笑いたくなる。

アメリカに戻る長い長い機内での時間、息子は幾度となく、容子のその姿を思い出しては微笑し、別れをつぶやいて行ったことであろう。

そのシーンを思い出す度に、私は声も出なくなる。いや、声なき声で、つぶやきたくなる。「生涯、私を楽しませ続けてくれた君にふさわしいフィナーレだった」、と。

父が遺してくれたもの――最後の「黄金の日日」

井上紀子（次女）

二〇〇〇年二月二十四日、母が桜を待たずに逝《い》ってから、父は半身を削がれたまま生きていた。暗い病室で静かに手を重ね合い、最後の一瞬まで二人は一つだった。温《ぬく》もりの残るその手を放す時、父は自分の中で決別したのだろう。現実の母と別れ、永遠の母と生きてゆく、自分の心の中だけで。この直後から父は現実を遠ざけるようになった。

通夜《つや》も告別式もしない、したとしても出ない、出たとしても喪服は着ない。お墓は決めても、墓参りはしない。駄々児《だだっこ》のように、現実の母の死は拒絶し続けた。仏壇にも墓にも母はいない。父の心の中だけに存在していた。他人の知らぬ、踏み入れられぬ形で。喪主である筈《はず》の父に代わり、あれこれ手配を進める私達に、「悪いねえ」と言いながらも、心はどこかに置かれたまま。形式的にも、現実の出来事としても、母の死を捉《とら》えることは耐えられなかったのだろう。メモ魔の父の手帳には、〃その日〃の空欄に、

「冴《さ》え返る　青いシグナル　妻は逝く」

とだけ記されていた。

その後、母との終《つい》の住処《すみか》には帰れず、仕事場が父の住居と化してしまった。暫《しば》らくして父の様子を見に仕事場に行くと、夕日の射《さ》す西側のカウンターの隅に、見覚えのある小さな母の写真が置かれていた。父も気に入って遺影にしてもらった笑顔の母。きちんと写真立てに入れられ、両サイドにはどこから探してきたのか、一対の天使のろうそく立ても。さらにその前には、二人で乗った思い出のオリエント急行の模型と、動物の置物が数点。どんな思いで、どんな顔をしてしつらえたのか。父だけの祈りの場。誰にも邪魔されぬ所で、父は母との

会話をし続けようとしていた。

母は母で、父に看取《みと》られ幸福であったに違いない。亡《な》くなる前日、夜間の付添いを珍しく頑《かたく》なに、私ではなく父に頼んだのも、自分の最期《さいご》を察し、自らの幕は二人だけのセレモニーの中で下ろしたかったからだろう。母の死後、数日経《た》って、父は独言のように、「看取ることができて幸せだった」とぽつりと言った。つまり、実は共に幸せな最期のときを迎えることができたのである。しかし、以後の七年間、父はどんなに辛《つら》かったか、計り知れない。想像以上の心の傷。その大きさ、深さにこちらの方が戸惑った。

連れ合いを亡くすということは、これほどのことだったのか。子や孫は慰めにはなっても代わりにはなれない。ポッカリ空いたその穴を埋めることは決してできなかった。

「一睡もできないって初めて知ったよ」

この言葉は衝撃だった。子供の頃から父は不眠症と刷り込まれていた。何を今さら言っているのか。

「今まで眠れない、眠れないなんて言っていたけれど、そう言いながらも実は気付かぬうちに、うとうとしていたんだと思うよ。でも、今回は違うんだよ。本当に一瞬も瞼《まぶた》を下ろすことができなかったんだよ」

と、机の一点を見つめながらボソボソと言った。我と我が身を疑うかのように。

それからは、父の日常から赤ワインが手放せなくなった。眠れず、食べられぬ日々。大げさなようだが、赤ワインのみで命を繋《つな》ぎとめていたような状態。血のみならず肉体すべてが赤く染まりそうなほどに。飲めなかった母の一言、「赤ワインは体にいいんですって」に縋《すが》るような毎日。まるで赤ワイン信者になってしまったかのような身体《からだ》は、すぐに悲鳴をあげ始めた。体重激減、肝臓数値の悪化。極度の心的ストレスが引き金とはいえ、これ以上見過ごすわけにはいかなかった。その日から私は父に付き合って、全く飲めなかった赤ワインを口にするようになった。少しずつでも共に飲めば、量が減るのではないか。ほろ酔いで話が弾めば、少しは何かつまんでくれるのではないか。お陰で、今では私もすっかりいける口になってしまった。

家族も本人さえも想像つかぬほどの心の穴。その喪失感を拭《ぬぐ》うことはできなくとも、一瞬でも解き放たれるよう、私は家族と共に茅ヶ崎の実家に移り、仕事場の父との付かず離れずの生活を始めた。

母が突然倒れて入院してからというもの、父は帰るどころか、よほどのことがない限り寄りつかなくなってしまった自宅。晩年、母が夫婦二人で住みやすいようにと、あれこれ考えて建てた家。同じ敷地には、私が子供の頃に住んでいた古い家が、いまも並んである。こちらはもはや住人もなく、全室どころか廊下や階段にまで積み重ねられた本の山によって崩壊寸前の状態。そうなる直前に、この教訓を踏まえた母のたっての希望により、作家の匂《にお》いの一切しない、本や資料を持ち込まない、安らぎの家屋として新棟が建てられた。母の想《おも》いが強いだけに、二人だけの最後の思い出の家だけに、父は戻れなくなってしまったのか。

サラリーマンのように仕事は仕事場で、家では寛《くつろ》ぐのみの生活。それが母の晩年の理想であり、その実現こそが父の妻への感謝のしるしでもあった。駅前の仕事場への往復は、散歩にちょうどよい距離。朝食後、母のおにぎりを手に近所の幼稚園児に混じって仕事場へ向う父。その姿を微笑《ほほえ》みながら見送る母。時にはお茶や夕食を待ち合わせたり、駅で落ち合って散策しながら帰ったり。駅に近い仕事場は、編集者の方との打ち合わせなどにも便がよく、父は晩年、自宅ではなく仕事場や駅周辺で人と会うようになった。これも長年、接客、応対に気遣わせた母への配慮からのこと。父が仕事場にいる間は母にとってはほっとできる時間でもあり、父にとっても又、思い切り仕事に集中できる大事な時間であった。そんな最高の生活パターンが定着しつつあった。ちょうど孫にも恵まれた頃で、二人の間には公私共に幸福でゆるやかな時が流れていた。

一九九九年十二月半ばのある晩、その日に限って母からではなく、父から鎌倉の自宅に電話が入った。夕食の片付けの途中、濡《ぬ》れたままの手で取った受話器の向こうから、父の抑揚のない、平坦《へいたん》な声が聞こえてきた。「ママが倒れて、〇〇病院に運ばれた。今、ＩＣＵ（集中治療室）にいる」。私は夫に連絡をとると、娘に留守を頼み、一人茅ヶ崎へと向かった。師走《しわす》の人混みや笑い声さえ無機質に感じながら、賑《にぎ》やかな音や光をすり抜けるようにひたすら走った。青い光が冴え冴えとする病院に着くと、父はＩＣＵの前の廊下で迷い子のようにポツンと一人、背を丸めて座っていた。

秋に判明したガンとの関係はわからぬが、医師は脳血栓と診断。心肺停止で運ばれ、依然意識不明の状態で、九九パーセント一両日の命だと。仮りに一パーセントの確率で命をとりとめたとしても、以後は植物状態のままでしょう、とも医師は告げた。父は医師の言葉が終わるか終わらぬかのうちに、「そうだ、そうなったら長野か山梨で、ママと二人で暮らす。長野か山梨で」とブツブツと念ずるように言い出した。私は父の言葉にさらに被《かぶ》せるように、「何を言っているの。あのね、まだどうなるかわからないんだから、ね」と静かに、しかし自分にも言い聞かせるように強く言った。

母は一連の父の言動を察してか、まさに奇跡的に回復し、周囲を驚かせた。数日後、長い眠りから覚めるや、「パパ、ちゃんと仕事しているの?」と、すっかり元の母に戻り、私達を安心させてくれた。もしもあのまま、突然母が逝ってしまっていたら、父は一体どうなっていただろうか。母は何よりそれを案じて、敢《あ》えてこの世の辛い医療現場に踏み留まってくれたのだろう。このあと年を越し、ほぼ二ヶ月、母は苦手な痛みに耐えながら生き続けてくれた。父や私達に、〝その日〟を迎えるための心の準備、猶予《ゆうよ》期間を与えてくれたのである。

実は、母にはもとより父にも、母のガンが絶望的な末期であることは最後の最後まで伏せていた。手のほどこしようがなく、九月の段階で余命三ヶ月、年内ぎりぎりもつかどうかと診立てられていた。

本人の意志により、倒れる日まで、通院以外は通常の生活を続けていたのだ。脳血栓を克服し、余命期限もクリアした母は、年明け、一時的に本来の元気を取り戻し、いつもの明るい表現で病院のスタッフや見舞いの友に笑いを振り蒔《ま》いていた。

当時ニューヨークにいた兄も、母本人や父に「末期だから」と勘付かれぬよう、やれ出張だの会議だのと理由をつけては帰国し、見舞いに飛んできていた。今思えば、このひと月余りの日々が、父、母、兄、そして私にとって最もかけがえのない、濃密な家族の時間となっていた。母は父を気遣い、父は母を心配し、共に私に「頼むね」と告げ、微笑み合う毎日。ある種、幸福の時でもあった。

七年後、これと全く同じ状況が、同じ季節に巡ってきた。母の七回忌を終えた昨年（二〇〇六年）の春頃から、ガクッと心身が弱り始めた父。父も大分気にしてか、老いをめぐる本が仕事場のあちこちに点在するようになった。それまで付かず離れずの生活をしていた私達は、さすがに仕事だけでなく生活面においても完全にフォローできるようにせねばと思い、父に仕事場から自宅に戻るよう説得を開始した。年末から年始にかけて、子側から半ば一方的に続けられた、完全同居の申し入れ。誰よりも本人が一番恐れ、自覚もしていた老い、衰えを、まるで「早く自覚せよ」と追い詰めてしまうようなことだったかもしれない。しかし、真冬の寒さの中、弱った父をこれ以上マンションの一室で一人で過ごさせる訳にはいかない。父は父で、私達の気持ちはありがたいと言いつつも、「大丈夫。迷惑かけないから」となかなか承知してくれなかった。平行線が続くなか、私の夫が最後の一言として、「一人の親の身を案ずるというだけでなく、『城山三郎』という作家の側にいる者の責務として、何より一読者としてお願いしているのです」と言うと、父は急に態度を軟化させ、素直に折れてくれた。「そこまで言ってくれるなら」と。

実際、寝食を共にしてみると、改めて瘦《や》せ細った父の身体に胸が締めつけられた。まさに骨と皮ほどになった薄い背中を流しながら、痛々しくて不覚にも涙が出そうになった。手を貸す度に、遠慮がちに「いいよ。悪いねえ」と言う父。互いに照れ屋で頑な父と娘。誰が二人のこのような姿を想像できただろうか。

強固な心身を持つ父への敬愛が、いつしか慈愛へと化してゆく。親を子のようにいとおしいとさえ思う気持ち。命を感じながら生きるようになると、自ずと出てくる感謝の気持ち。そして再び崇高な尊敬の念が生まれてくる。

幼い頃、庭の鉄棒に吊《つる》したサンドバッグに拳《こぶし》を叩《たた》き込み、心身を鍛えていた下駄《げた》履き姿の父。健脚自慢で駅の階段を二段跳びし、母に注意されたと茶目っ気たっぷりに話す父。眼光鋭く資料を見つめ、じっと考え込む書斎の父。思い出の父が次々に甦《よみがえ》る。そして、目の前には老いた父。

こうして、メンバーは代われど、かつて自宅から仕事場へ通っていた頃の生活が再開した。父と歩く仕事場までの散歩道。ほころびかけた梅のつぼみ。芽吹きはじめた木々、草花。春を求めてさえずる野鳥たち。どれもが温かく幸せに感じられた。すべての命がいとおしい。こんな思いになれたのも、父からの最後のプレゼントだったかもしれない。

正直、この間、私の全神経は二十四時間父に向けられ、心身共に休まることはなかった。なのに、心の中は今までにない温もりで満たされていた。「しんどい」のに「ありがたい」。大変だと思いつつ、今は親孝行をさせてもらっているのだ、という不思議な感覚。

そんな早春のある朝、ソファに座ったままの父が動かない。手にはペンを握ったまま。明らかに様子がおかしい。熱もある。しかし、父は「大丈夫だよ。

ちょっと咳《せき》が出るけれど、馬鹿《ばか》は風邪ひかないって言うじゃない」などと、言ってみせる。私は娘に車を出してもらい、二人で父の両脇《りょうわき》を抱えながら、病院に急行した。無理矢理、病院に連行された形の父は、救急措置のあと、酸素ボンベと共に横たわったままの姿で現われた。狐《きつね》につままれたような顔をして。

「急性肺炎です。この年齢の方にはよくあることですが、肺に水が大分溜《たま》っているので、即入院してください」医師の言葉が痛かった。私が側についていながらなんということ。こんなことなら、これまで通り仕事場で、自由にマイペースなまま過ごさせてあげればよかったではないか。父に済まない気持ちで一杯になった。よかれと思って始めた同居だが、果たして本当によかったのか。父は折りに触れ「ありがとう、ありがとう」と仙人のような笑みを返してくれていたが、私の自問は「最期の日」まで続いた。

入院当初は、「仕事は?」「原稿は?」と何度も同じ質問を繰り返した父。

「今は休むのが仕事だから」と言うと、「ほお、そうか」と意外にもすんなりと納得してくれた。そして暫くすると、宙を見つめる場面が多くなった。「どうしたの？」と聞くと、「どうして僕だけここにいるんだろうって思ってね」とぽつり。亡くなった戦友や作家仲間、地元茅ヶ崎在住の開高健氏や同年代の藤沢周平氏、吉村昭《あきら》氏などなど、次々に思い浮かべていたようだ。「お父さんにはまだやるべきこと、お役目があるから残されているんじゃないの」と言うと、「そうか、そうだなあ」と又、宙を仰いでぽつり。編集者の方をはじめ、多くの方が退院を待っていてくださる、と言うや、本当に嬉《うれ》しそうに、「ありがたいねえ。本当にありがたい」と、針の刺さった手を合わせようとする。入院中は、何かというと、句読点のように「ありがたいねえ」が口に出た。

そんな父も、当初の病原菌による肺炎に、死因となった間質性肺炎を併発してからは、さすがに苦しそうに見えた。痰《たん》を出そうにも吐き出す力もなく、流動食も喉《のど》を通らない。回復してほしいと強く願いながらも、この年齢、この体力では完治は望めないと告げられると、退院後の生活を考えるより、今、この時を少しでも楽にしてあげたい、と思う日々に変わった。父本人も、たとえ退院できたところで、思うように書くことすらできぬ苛立《いらだ》ちの生活は耐えられぬだろう。手足のみならず、鼻も口も器具で繋《つな》がれた父は本当に痛々しく、私はそっと骨と血管の浮き上がった手を摩《さす》りながら、心の中で何度も「ごめんね」と呟《つぶや》いた。そんな状況の中でも、切れぎれの吐息とわずかに動く手で「そこで休めば」「何か飲めば」と伝えてくる。見舞いの子供を気遣い、どちらが患者かわからない。「私達のことはいいから、いいから」と言うと、父は翁の面のように目を細めていた。

治癒の望みが絶たれ、呼吸が加速度的に苦しくなる中で、家族に最後の判断が求められた。

「静かに行く者は健やかに行く　健やかに行く者は遠くまで行く」

父の好きだった言葉。兄と私は父の平安のみを願った。そして、その日から父は深い呼吸と共に、夢と現《うつつ》の世界をたゆたうこととなった。一日の大半は目を閉じたまま。それでもこちらが耳元で呼びかけると、精一杯の力を込めて応《こた》えようとしてくれた。

亡《な》くなる二日前、兄と私が「もう帰るけれど、又明日来ますからね」と声を掛けると、パッと目を見開いて、兄と私の顔を順にじっくり確かめるように見つめ、最後に一言、声なき声で尋ねてきた。その問いかけは、口唇の動きから「ママは？」と読み取れた。私は咄嗟《とっさ》に「ああ、お母さん？　お母さんなら大丈夫だから……」と言葉を濁した。朦朧《もうろう》とした意識の中で、必死に母を追い求めている眼。それが、父からの最後のメッセージとなった。それから一昼夜が過ぎた朝方、病院から容態の急変が知らされた。ふと目にした時計の針が、七年前に父から母の死を告げられた時刻とほぼ同じところを指していることに気付き、どきりとした。

春の柔らかな朝陽を背に受けながら、病院まで全力で走ったが間に合わなかった。一瞬、涙が溢《あふ》れたが、すぐに不思議と落ち着きが戻った。父の顔に救われたのだ。額に手を添えながらしみじみ顔を覗《のぞ》き見ると、なんとも幸せそうな顔をしているではないか。こちらがふっと微笑みを返したくなるような、純心な子供のような安らいだ笑顔。しかし、これは間違いなく母への笑顔だった。ちょっと斜め上空を向いたまま、ほっとしたような、嬉しそうにさえ見える、不思議な死顔。兄も私も同時に思った。「お母さんが迎えに来てくれたんだね」と。そして、心も体も、頬を伝った涙さえもじんわり温かくなった。

「お父さん、お母さんのこと探していたものね。きっとお母さんが、『あなた、もういいですよ。この七年間よく頑張りましたね、お疲れ様』って迎えに来てくれたのよ」兄も、「うん、うん」と頷《うなず》いてくれた。最後の最後まで優しい気持ちを残してくれた父。「よかったねえ、お父さん。やっとお母さんの所に行けて」という言葉が、思わず口をつく。不謹慎かもしれないが、これが本心。

こう思えたのも、母の死、父の死が共に私達にとって、それこそ「ありがたい」最後の「黄金の日日」だったから。

共に長患《ながわずら》いをする訳でもなく、又、かといって、突然、姿を消す訳でもなく、死へのカウントダウンの中で、密な時間を残して逝《い》ってくれた父と母。

さらりと春風に乗って、大好きな大空へ旅立って逝った父。天上での二人の笑顔が目に浮かぶ。大陸的な母と風のような父。太陽のような母と月光の如《ごと》き父。全く異なるのにぴたりとはまる。初めて出会ってから少年少女の心のまま、あの世まで逝ってしまった二人。どうぞあちらでもお幸せに。

今では、私達が念仏の代わりに「ありがとう」を繰り返す日々。子孝行をしてくれた父と母に、今日も静かに手を合わす。澄んだ初冬の空を仰ぎながら。

「ママの事を書いてくれって言われているんだけれど、困っちゃうよ」

母が亡くなって間もなく来始めた依頼。その後、何度も右の言葉を繰り返し

ていた。それがある日、

「ママがね、夢に出てきて『私のことを書いてくださるの？』って言うんだよ」

と、照れ笑いとも苦笑いともとれる表情で言ってきた。当初は書きたくなかった母のことが、いつしか父の中で書くべきものに変わってきていた。客観的に振り返れるまでは書くものではないし、書けないものだと言い続けていたのが、亡くなる半年ほど前から、漸《ようや》く本腰を入れ始めたところだった。

「今年こそは書き上げたい」

と言っていた矢先の入院。今思うに、母がこれ以上書かれるのを拒み、本になる前に父を連れて行ってしまったのかもしれない。「やっぱり恥しいんですもの」と言う母の声が聞こえてきそうな気がする。

意外にもストレートに母への想《おも》いを表現している節が窺《うかが》えたので、こちらの方が少々照れ臭くなり、思わず「お父さん、自分でもよく言っているけれど、あまり思い入れが強くならない方がいいですよ」などと、生意気にも余計なことを言ってしまったことがある。「天使」「妖精《ようせい》」が「天から落ちて来た」という表現は、父にとって本心だった筈《はず》なのに。

私が二人の出会いの話を聞いたのは、母が亡くなる半月ほど前、あまり体調が思わしくない筈の母本人の口からであった。今、話しておきたい、と思ったのか、母はとめどなく一気に話した。実は見合いではなく恋愛結婚であった、という事にも多少驚いたが、

「私の人生の中で一番ショックだったのは、パパが三十代でガンの疑いがあって聞いた時……」

という言葉は本当に衝撃だった。母性の固まりのような人で、常に子供の事が一番と思われる人だったから。その言葉のあとは、

「もちろん、あなたたち子供の事も大事だけれど、やっぱりパパの事がねえ……」

と、申し訳なさそうに続いた。この時のやりとりは、暫《しばら》くの間、私の中で封印されていた。どこか寂しく、なぜか嬉しい最後の告白。この歳《とし》になったからしみじみと思えることかもしれないが、改めて、両親が堅く深い絆《きずな》で結ばれていた、と知ることは照れ臭くもありがたいことである。

主なき仕事場には、「ë」(ロシア語で「ヨウ」と発音)という、父にだけわかる記号が付けられたメモや原稿の断片が点在していた。私が側でもっと手助けして管理していたらよかったのだが、私も父の聖域に踏み込むことはできずに、バラバラの原稿をまとめる術《すべ》なくきてしまった。よって、未完かつ、欠落、順不同のままの原稿を、新潮社の楠瀬啓之《くすのせひろゆき》氏にお渡しすることになってしまったが、このように一編にまとめてくださり、感謝の念で一杯である。父も例の如く、「ありがたいねえ」と言っているに違いない。

最後に、今まさに天空で無所属の時間を満喫しているであろう父に代わり、いつも父が「私の勲章」と誇りにしてきた読者の方々、楠瀬氏はじめ編集者の方々、そしてお世話になりましたすべての皆々様に心より感謝と御礼を申し上げます。ありがとう存じました。

解　説

児　玉　清

たった今、この本を読み終えた方はいったいどんな気持でいるのだろうか。僕はこの本の最後の頁《ページ》を閉じた瞬間、清々《すがすが》しく身を包む深い感動の波に心をふるわせながら、無情な天を仰いだものだ。なんと素敵な夫婦なのだろう。なんと素晴らしき結婚生活なのだろう。湧《わ》き上る羨望《せんぼう》の念とともに、最愛の妻を失った城山三郎さんに心の底からシンパシーを抱いたのだ。長年連れ添った相方に先に逝《い》かれる恐怖は年を重ねるごとに増してくる。しかし別れのときは必ず来るのだ。実に辛《つら》く、耐え難く悲しいことだ。そのことを想像するだけで身の毛がよだつ。若い人たちには決してわからないことかもしれないが、年を重ねた夫婦にとっては避け難いことなのだ。いずれそのときはくる。そのとき僕はどうなるのか……。

最近、とみに考えることのひとつが、妻に先立たれたらどうしようか、という恐怖だ。できれば妻より先に、と折りにふれそのことを口にすると、いや私の方が先よと言われ、じゃあ一緒になんてお茶を濁してはたがいに話題を替えるようにしているものだから、城山三郎さんの本書『そうか、もう君はいないのか』というタイトルを目にしたときは、胸に鋭い一撃をくらったような衝撃であった。

後に残されてしまった夫の心を颯《さっ》と掬《すく》う、なんと簡潔にしてストレートな切ない言葉だろう。最愛の伴侶《はんりょ》を亡《な》くした寂寥《せきりょう》感、喪失感、孤独感とともに、亡き妻への万感の想《おも》いがこの一言に凝縮されている。城山さんの悲痛な叫びが、助けてくれえ、という声まで聞こえてくるようで、ドキッとしたのだ。

頁を開くや、東京はお茶の水駅近くの会場での城山さんの講演のときの破天荒なエピソードでいきなり心を摑《つか》まれた。城山さんが、さて今日はどんな話をしようかと考えながら演壇に立って会場内を見渡すと、なんと二階席最前列の端に奥様の容《よう》子《こ》さんが座っているではないか。しかも、目が合った瞬間、容子さんはふざけた仕草で、その当時の人気マンガのイヤミ君の「シェー」をしたというのだ。この冒頭の一章で、容子さんが実にユニークな、明るくお茶目な楽しい女性であることをすっとわからせてしまうところは、実に見事だ。

〈怒りたいし、笑いたい。「参った、参った」と口走りたい。そこをこらえて話し出し、何とか無事、講演を終えることができた〉

さらにその後のお二人の言葉のやりとりは絶妙で、容子さんの天真爛漫《らんまん》さと城山さんの大人振りの対比が面白く、どのような間柄のご夫婦なのかをほのぼのとした中で早々にわからせてくれるところも秀逸だ。

そもそも容子さんとの初めての出会いは城山さんの学生時代。城山さんの生家のある名古屋のとある図書館の前。久し振りに訪れたものの なんとその日は臨時の休館日であったため外に佇《たたず》んでいると、そこに恰《あたか》も天から舞い降りた妖精《ようせい》のごとく容子さんが現われたというのだ。しかも、その容子さんを見た瞬間に、城山さんは、この人こそ生涯をともにする意中の女性と直感したというのだから神懸り的だ。人間誰しも、とくに男性は、そうした女性に巡り会える瞬間を望んでいるのだが、なかなかそういう機会が訪れないままに結婚してしまいがちなものだ。あるいは、後年になって、あのときがそうだったのか、と臍《ほぞ》を噛《か》んだりするものだが、瞬時にこの人こそと直感した城山さんの類稀《たぐいまれ》なる眼力は、その後、作家として数々の作品で読者を唸《うな》らせた、人間に対する洞察力の鋭さと眼識の見事さを彷彿《ほうふつ》とさせてくれる面白いエピソードだ。

　だが物事はそう簡単には進まない。当時、まだ高校生だった容子さん。厳しく父に戒められた容子さんは渋々だが絶交宣言をさせられる。止《や》むを得ず受け入れた城山さんが、暫《しばら》くの時を置いて容子さんと再会する。それがなんとダンス会場であったことに、読者は驚かされる。実は僕も驚いた。城山さんとダンスがなんとなく似合わないというか結びつかなかったからだが、思い出してみれば、終戦後ちょっとしてから昭和三十年代の後半までは、ダンスは盛んで、僕なんかも大学の催し物といえばダンスパーティだった。はるかに城山さんの踊る姿を、容子さんと一緒に踊る姿を想像したら俄《にわか》に青春が甦《よみがえ》り、胸がときめいた。天の偶然の配剤の見事さと、運命的ともいえる再会から、やがて結婚へといたるドラマチックなプロセスは、まさに前生からお二人が見えない赤い糸で結ばれていたかのようで神秘的だ。

　さて、結婚生活がはじまるや、容子さんの本領発揮、城山さんの筆で描かれる容子さんはまことにチャーミングで可愛《かわい》らしく天衣無縫だ。シロヤマサブロウというペンネームを知らず、文學界新人賞受賞を知らせる電報に「そんな人いません」と答えて危うく受賞を逃しそうになった逸話も、ペンネームを敢《あ》えて教えないでいた城山さんと、それを知ろうとしない容子さんという、お互いに自分の立場を、いや自分の領分を守って懸命にひた走る若い二人の未来にかけた美《うる》わしき姿勢が窺《うかが》えて楽しく微笑《ほほえ》ましい。

新人賞受賞後、作家としてさらに前進すべく、夏休みを妻と離れて一人で軽井沢にこもり、懸命に書き上げた作品なのに、あっさりと「没」を宣言されたときの話はまさに夫婦としてのお二人の終生にわたる互いのスタンスを象徴しているかのようで刮目《かつもく》すべき点だ。

〈二夏続けて家を空けて、収獲なしだったが、容子は、何ひとつ文句も質問も、口にしなかった。

それも、深い考えや気づかいがあってのことというより、「とにかく食べて行けて、夫も満足しているから、それでいい」といった受けとめ方であり、おかげで私は、これ以降も、アクセルを踏みこみながら、ゴーイング・マイ・ウェイを続けて行くことができる、と思った〉

日常生活の雑事や世俗的なことは、感謝を込めて「パイロット・フィッシュ」と名付けた容子さんにすべてを任せ、ご自分は思う存分理想とする作家生活に邁進《まいしん》し、埋没できた城山さん。羨《うらや》ましさが猛然と湧いてくるほど素敵なカップリングではないか。安心して後方を妻に委《ゆだ》ねて前線で懸命に後顧の愁《うれ》いなく戦える夫。夫をさり気ない気配りで明るく支える妻。お二人の幸せ感がひしひしと伝ってくる。

このように冒頭から本書にぐいぐいと引き込まれたのだが、一方で、僕は妙な違和感といったものも感じたのだが、皆さんはどうだろうか。それは、率直に言えば、城山さんらしくない、なんとも生々しい、表現は当ってないかもしれないが、剝《む》き出しの心を見せられた思いがしたからだ。言葉を替えれば、城山さんの筆致の特徴である、抑制された表現とは違った潑剌《はつらつ》さと活発さに戸惑った、というべきか。もっと言ってしまえば、手放しとも思える妻への熱き愛情物語の底抜けの率直さに目が眩《まば》ゆくぱちぱちとしてしまったのだ。沈着冷静、もの静かでふだんあまり感情を表に出さずに、鋭い眼差しで真実を見抜き、すべての物事に対処する。いつしか城山さんの数々の作品を通じて心の中に出来上がっていたそうしたイメージが読み進むほどに激しく初めのうちは揺らいだからだ。

しかし、そうした最初の驚きが、やがて爆発的な喜びへと変っていった。つまりは、城山さんの赤裸々ともいうべき心情の吐露は、最愛の妻、ベストパートナー、共に人生をわかち合ってきた戦友ともいえる伴侶を失ったことに誘発された心底からの愛惜の叫びなのだ。その結果、本書は容子さんへのオマージュであると同時に作家城山三郎が初めて自ら本心を明かした得難き貴重な自分史、つまり自伝の書でもあることがわかったからだ。

僕の城山さんの作品との最初の出逢《であ》いは、商社マンの海外での過酷な商いにおける戦いを描いた『輸出』であった。もう五十年以上も前のことだ。

それまで小説の世界では何やらおろそかにされていた経済。人間社会の根幹である経済に目を注ぎ、そこに小説の舞台を設定し、そこに生きる人間たちの戦いを、心の葛藤を、そして人生を物語として紡《つむ》ぎ出す。経済あってこその人間社会であることを新たなる斬り口と鋭い洞察力を駆使して読者の前に瑞々《みずみず》しく提供してくれる城山文学の面白さに僕は夢中になった。

『総会屋錦城《きんじょう》』『落日燃ゆ』『鼠《ねずみ》』『粗にして野だが卑ではない』『男子の本懐』『雄気堂々』『役員室午後三時』『硫黄島に死す』などなど、思いつくままにいくつかを列挙してみたが、長い間に読みつないできた沢山の城山作品の数々によって、知らぬ間に確固たる作家城山像が心の中にできていた。それは一口に言ってしまえば、愛とか恋とかに無縁な硬骨漢。冷徹な眼を持つ冷静な観察者、感情を決して表に出さない意志の人といったイメージだ。そうした一方的な勝手な思い込みが、この本で見事に正されたのだ。卒然としてわかったことは、あの城山さんの厳しい顔、冷静さや、自らを厳しく戒める知性の裏に、まことに人間味溢《あふ》れる豊な感情、鋭い感受性、ユーモアやウィットに富んだ茶目っ気たっぷりな実に素敵な大人の男が隠されていたこと……。

なぜ、筆一本、小説家として生きようとしたのか。これまでにも随所でご自身の口で語られてきたことではあろうが、本書の語り口によってより想いが深く心に響いてくるのは僕だけであろうか。国を背負って、また組織のために戦う人間たちの無残さと孤独。大義のために常に個人は犠牲を強いられる。行き場のない怒り、不条理と戦う人間の個としての凜《りん》とした勇気。不撓《ふとう》不屈《くつ》の精神といったものに温かい目を注ぎ、個人を抹殺する大義とはいったい何なのかを精緻《せいち》に分析する。城山さんの生涯一貫した作家としてのスタンドポイントが本書によってよりわかりやすくしみじみと読者の心にしみこんでくるのも、城山さんの作家という世間への鎧《よろい》を脱ぎ棄《す》てて書いた容子さんを恋うる熱き語り口にある。

そして、城山さんが世に感動の書を次々と送り出すことが出来たのも、背後に容子さんという端倪《たんげい》すべからざるチャーミングな妖精がいたからなのだなあ〜と、夫の深いため息とともに知ることとなる。いかに城山さんの喪失感が深いか。今は亡き容子さんをいくら恋焦がれても、もう絶対に戻ってきてはくれない身を切られるような空しさへの悲痛な叫びが、全編を通して切々と読者の心をも嘖《さ》いなむ。容子さんへの追憶を辿《たど》ることによって、ご自分の人生の節目節目の心境が実に鮮やかに生々しく活写されていくことで城山さんの人と成りが、はじめて生身の人間として生き生きと行間から立ち上ってくる。

『そうか、もう君はいないのか』は今は亡き妻への熱き愛情の告白の書であることが諄々《じゅんじゅん》と心にしみてきたとき、初めに抱いた違和感が逆に凄《すさま》じいまでの共感へと変っていたことは言うまでもあるまい。

そばにいるのが当り前であった容子さん。お互いに空気のごとくまさに一心同体であった容子さんに晩年、突然身体の変化が訪れた。体調不良から検査した結果、癌《がん》であることが判明した。結果を持ち前の明るさで報告する容子さん。健気《けなげ》に振舞う容子さんをぎゅっと抱きしめ「大丈夫だ、大丈夫。おれがついてる」と「大丈夫」を連発する城山さん。いったい他にどんな慰めの言葉があるだろうか。僕はたまらず嗚咽《おえつ》した。

そしてついに別れのときがくる。その寸前、死の間際《まぎわ》に母である容子さんがご子息に対してとった最後の茶目っ気あふれる行動に、涙がどっと溢れ出た。なんと美しき夫婦であり、素晴らしき家族なのか。この作家にして、この妻あり。この妻にして、この作家あり、そしてこの家族あり。常日頃の男の矜持《きょうじ》を突き破って迸《ほとばし》り出た亡き妻を恋うる真実の悲痛な叫びは、ストレートに読者の心をも突き通す。容子さんが亡くなられて七年後の二〇〇七年三月、城山さんもまた天国へと身罷《みま》かられた。

容子さん亡きあとの七年間が城山さんにとっていかにさみしい歳月であったか、改めて心に深くとどめながら、お二人に心からなるご冥福《めいふく》をお祈り申し上げたのだが、世にかくも美わしきご夫婦ありしか、という感嘆と羨望の念が心の底から湧き上ってきた。お二人への愛《いと》しさ。素晴らしき著作は素晴らしき魂が寄り添ってこそ生れたのだ、と空を仰ぎ流れゆく雲に心を遊ばせたのだが、清らかな一陣の爽《さわ》やかな風にも似た本書が、いかに読む者の心を浄化し、志をもって生きることの大切さを教えてくれているかを改めて肝に銘じたのだった。実は、これまでの経験から見れば、作家の本心とか心の内側というものはなかなか読者には見えてこないもののように思えるのだが、どうだろうか。しかし、本書によって作家城山さんの心の在《あ》り方、いかに生きてきたかが、嬉《うれ》しくもしっかりと見えてきた。なんと邪心のないきれいな心なのだろう。決して美辞麗句ではなく本心からそう思う。それほど城山さんも奥様の容子さんも美しい心の持ち主であることがどしんと胸に響いてくる。城山さんは純なる魂を持って生き続けた。その証《あか》しが本書であり、生涯をかけて世のすべての矛盾に小説というツールを使って戦いを挑んできた清い心の戦士だったのだ。

城山さんが亡くなられたあと、遺稿として発見された本書は、巻末に記された城山さんの次女である井上紀子さんの「父が遺してくれたもの――最後の『黄金の日日』」の文章で、その事情が明らかになるとともに、その見事な清々しき文章からご家族の心のあたたかさと豊さが自然の形で伝わってきて、爽やかな余韻に心がまた新たに溶ける。
夫婦愛という言葉が薄れてゆく現代、お金がすべてに先行する今日、熟年離婚が当たり前のこととなりつつある中で、人を愛することの豊さ、素晴らしさ、そして深い喜びをさり気なく真摯《しんし》に教えてくれる城山文学の最終章をぜひ心で受けとめてもらいたいものだ。

〈仕事と伴侶。その二つだけ好きになれば人生は幸福だという……〉

［『小説日本銀行』より］

（平成二十二年六月、俳優）

この作品は平成二十年一月新潮社より刊行された。